일상을 여행처럼

청개구리선방의 작은 깨달음 II

글/사진 **김은종**

일상을 여행처럼

청개구리선방의 작은 깨달음 Ⅱ

한국학술정보㈜

마음을 맑고 향기롭게
가꾸어 주는 책

　이 책에 실린 김준영 교무의 글들은 타인을 향한 설교라기보다 자기 자신과의 진솔한 대화요, 꾸밈없는 수행기입니다. 수행자인 척하는 오만함이나, 독선이나, 위선이 없습니다. 혼탁한 세상에 물들지 않는 순수함 그대로입니다. 사량 계교가 없습니다.

　김준영 교무는 아직은 산전수전 다 겪은 나이가 아니지만, 진즉부터 일상생활을 여행처럼 살아왔습니다. 현명하고 아름답고 즐거운 삶을 살아온 것입니다. 겉으로 수행자인 체하지 않고, 종교용어·철학언어·예술언어를 별로 사용하지 않았어도, 순진무구한 생각과 종교, 철학, 예술이 혼연 일체된 삶이 진하게 느껴집니다.

　몇 년 전 도반 2명과 함께, 5월 어느 날 내변산을 찾았습니다. 막 돋아난 신록은 터질 듯이 싱그러웠고, 산 벚꽃이 지천으로 피어 있었으며, 하늘은 신비스럽도록 맑았습니다.

　그때, '아! 바로 이것이구나!' 하고 가슴에 물결쳤습니다.

　김준영 교무의 ≪일상을 여행처럼≫을 읽고, 다시 한번 '아! 바로 이것이구나!' 하고 가슴이 물결칩니다.

休歇堂
손정윤

청개구리선방의 작은 깨달음

인생이라는 삶의 여정에서 만나게 되는 느닷없는 고통과 시련 속에서 어떻게 하면 행복하게 살아갈 수 있을까요? 청개구리선방은 선禪을 통해 그러한 삶을 살아갈 수 있다는 믿음으로 마련된 사이버선방입니다.

선이란 '나와 세계의 진면목, 있는 그대로의 실제를 알아서 조화로운 삶을 살아가는 것'이라고 할 수 있습니다. 그러한 삶에는 더 이상 고통이나 불행이 존재하지 않습니다. 맑고 밝고 훈훈한 존재의 본래 모습을 자각하고 바르게 이해함으로써 아집과 편견, 무지로부터 비롯된 고통에서 자유로워질 수 있기 때문입니다.

그러한 자유는 한 마음 문득 깨닫는 일에서 비롯되기도 하지만 평생 동안 꾸준히 성장해 나가는 일이 될지도 모릅니다. 하지만 이 시대를 살아가는 대부분의 사람은 평생을 생계를 해결하거나, 원만한 사회생활, 보다 나은 장래를 위해 늘 쫓기듯 살아가고 있습니다. 이에 청개구리선방(http://www.zenfree.org)은 일과 사랑, 공부와 친구, 직장과 가정을 떠나지 않고 평상시의 삶 속에서 누구나 실천가능하고 효율적인 선의 방법을 모색하고 그 정보와 경험과 지혜를 나누기 위해 마련되었습니다.

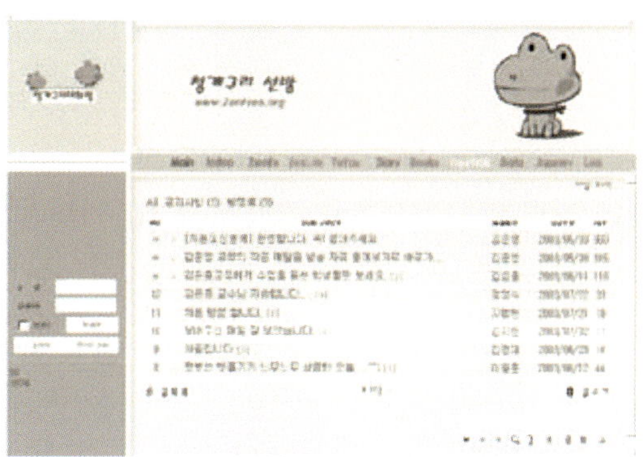

하필이면 왜 청개구리선방일까요?

개구리는 예로부터 몇 시간 동안을 미동도 하지 않고 앉아 있지만 생생하게 깨어 있어서 주위 상황에 어둡지 않기 때문에 마치 선을 하는 것과 같다고 해서 과거 선승들이 선화에서 즐겨 사용했던 동물입니다.

하지만 전통적으로 한국 우화에서 묘사되는 청개구리는 말을 안 듣는 말썽꾸러기의 이미지를 가지고 있습니다. 그럼에도 불구하고 청개구리라는 이름을 빌려 온 이유는 선에 관심을 갖기 시작하면서 우리가 지금까지 익숙해져 온 모든 가치관과 상식으로부터의 탈피가 절실함을 깨달았기 때문입니다.

좋고 나쁨, 이롭고 해로움, 주는 것과 받는 것, 어제와 오늘 등과 같은 모든 상식적인 개념들의 본질을 제대로 이해하기 위해서는 익숙한 그대로 받아들일 것이 아니라, 청개구리와 같은 새로운 시선으로 다시 조명해 봐야 한다는 것입니다.

좋다고 생각하는 것이 정말 좋은 것인지, 이롭다고 생각하는 것이 정말 이로운 것인지, 주는 것이 단지 주는 것일 따름인지, 받는 것이 단지 받는 것일 따름인지를 정신 차리고 다시 검토해 봐야 한다는 것입니다. 그러한 새로운 시선으로 조명해 들어가다 보면 그때서야 비로소 존재와 현상의 진면목을 볼 수 있기 때문입니다. 존재와 현상을 있는 그대로 파악할 수 있을 때, 정확한 판단과 정확한 선택이 가능해집니다. 정확한 선택이라야 정확한 행위가 가능해지고, 그 행위의 결과가 바로 우리의 삶의 질을 결정하게 됩니다.

청개구리적 시선이 필요한 이유가 바로 여기에 있습니다. 그러한 주체적이고 자각적인 시선을 통해 삶의 현상이나 나와 세계의 실제에 다가서는 노력이 필요한 것입니다. 일본어로 개구리(蛙: 가에르)와 발음이 비슷한 한자어에 '본래 자리로 돌아오다(가에루)'라는 뜻의 글자가 있다고 합니다. 그래서 일본 어떤 마을에서는 현관에 본래 집에 돌아온 것을 환영한다는 의미에서 개구리 캐릭터를 세워두기도 한답니다. 청개구리선방의 선하는 청개구리 역시 선입견과 무지로부터 벗어나 참모습으로 돌아온다는 의미를 갖습니다.

그러므로 청개구리선방에서 추구하는 선은 초세속적이고 특정인에 한정된 선과 깨달음이라는 문제를, 일하고 사랑하고 생활하는 바로 지금의 삶 속에서 풀어나가고자 합니다. 권위 있는 스승을 찾아 헤매는 일을 그만두고 내 안의 부처나 신성을 믿고, 깨어 있는 마음으로 세상의 모든 현상과 가치와 사건을 청개구리적 시선으로 다시 바라보기를 시도합니다. 산은 산이 아니고 물은 물이 아니지만, 다시 보면 역시 산은 산이고 물은 물인 것과 같은 이치를 스스로 발견해 나가는 것입니다.

　지금부터는 멀리 있는 스승의 깨달음을 전해 듣는 것에 연연해하거나 권위있는 스승의 깨달음을 감탄하고 숭배하는 일에 그치지 말고, 자신의 삶의 기반이라고 할 수 있는 일상 속에서 자신의 작은 깨달음을 발견해 나가기 바랍니다. 화려하지는 않지만 자신을 변화시키는 힘 있는 깨달음의 의미를 발견하게 될 것입니다.

■ 차 례

깨어 있기

덜어 내기

조화로운 삶

■

깨어 있기

단 지
행할 뿐

어떻게 하면 행복하게 살 수 있을까요?

건강하고, 돈이 많고, 하는 일이 마음에 들고, 사랑하는 사람이 있고 하는 등의 바라는 것들이 다 갖춰지면 과연 행복할까요? 주위에 그런 사람이 있는지 찾아보세요. 그런데 이상하게도 모든 것을 다 갖춘 사람은 주위에서 찾아보기가 힘듭니다. 그렇다면 지금 여러분 자신과 여러분 주위에 있는 사람들이 어떤 경우 행복해 하고 어떤 경우 힘들어하는지 살펴보세요. 재미있는 일이지만, 각자의 처지와 가치관에 따라 그 행복과 괴로움의 종류가 다르다는 것입니다. 사람마다 각기 다른 행복을 어떻게 하면 평소에 느끼면서 살 수 있을까요?

살아 있는 모든 것은 그 생명의 지속을 원하고, 안정을 원하고, 행복을 꿈꿉니다. 하지만 그 바라는 마음이 너무 많아지면 그 마음이 도리어 자신을 괴롭히고, 불안정하게 하고, 불행해지게 한다는 사실을 잊기가 쉽습니다. 세상의 모든 존재하는 것들과 세상의 모든 일어나는 일들을 바라보세요. 관심을 갖고 유심히 관찰하다 보면 어떤 일관된 원리가 있음을 발견하게 됩니다. 우리가 추구하고,

소유하고, 지속하기를 희망하는 모든 것들이 단지 인연의 화합으로 인하여 모였다 흩어졌다, 만났다 헤어졌다, 있어졌다 없어졌다, 왔다 갔다 하는 등의 변화 선상에 있을 따름이라는 것입니다.

세상의 모든 일은 그 인연의 작용에 따라 단지 일어났다 사라져 갈 뿐이고, 세상의 형체가 있는 모든 것들도 단지 나타났다 사라졌다 할 뿐입니다. 거기에는 뚜렷한 목적성이나 가치가 있는 것이 아닙니다. 바람이 불고 구름이 흘러가는 것처럼 인연이 닿으면 나타나고 인연이 다하면 사라질 뿐입니다. 말하자면 모든 사물은 그 나름대로 존재할 수밖에 없기 때문에 존재하는 것이고, 모든 일은 일어날 수밖에 없기 때문에 일어나는 것이라는 것입니다. 거기에 어떤 목적적인 가치를 부여할 수 없는 것입니다. 그런데 우리는 그러한 변화를 겪으면서 행복을 느끼거나 괴로움을 느끼게 되고, 좋아하거나 싫어하는 등의 분별을 갖고 받아들이게 됩니다. 그러다 보니 인연에 따라 만나게 되는 존재와 단지 일어나는 사건들은 아무런 문제가 없는데, 받아들이는 우리의 태도에 따라 다르게 인식되고, 문제나 고통처럼 느껴지게 됩니다.

중요한 것은 이와 같이 변화무쌍하고, 혼돈스럽고, 불안정해 보이는 현실 속에서 영원한 생명, 영원한 사랑, 영원한 안정, 영원한 행복에 대해 갈구하는 것은 뒷면 없는 동전을 구하는 것과 같아서, 이 현실 세계에서는 구할 수 없다는 것입니다. 하늘이 맑았다 흐렸다 하는 것처럼, 인생을 살다 보면 아플 때도 있고 건강할 때도 있고, 성공할 때도 있고 실패할 때도 있는 법입니다. 그런 변화에 연연해하지 않고, 집착하지 않고, 순간순간에 처해서 단지 행할 뿐

(Just do it.)이라면 고통받는 일이 줄어들게 됩니다.

만물은 다만 존재할 뿐이고, 사건은 단지 일어날 뿐입니다. 거기에는 어떤 좋고 나쁨이라는 가치는 주어져 있지 않습니다. 이 사실을 잘 살펴서 지나간 일이나 오지 않은 일에 대해 후회하거나 불안해하지도 말고, 나를 중심해서 좋고 나쁜 가치를 부여하지도 말고, 그 순간순간에 온전한 한 마음으로 단지 판단하고 선택하고 행하기만 하는 것입니다. 그렇게 하다 보면 거기에는 어렵다, 힘들다, 고통스럽다, 괴롭다 등의 개념이 사라지고, 단지 무언가와 합일되어 있는 자신을 발견할 수 있을 것입니다. 단지 행하는 가운데에는 나누고 집착하는 마음이 없어집니다. 나누고 집착하는 마음이 없으면 싫은 것을 피하고, 좋은 것을 지속하고자 하는 마음이 없기 때문에 고통이 그만큼 줄어들게 됩니다.

사실 우리가 추구하는 행복이란 엄밀하게는 불필요한 고통으로부터 벗어나는 데에서 시작된다고 할 수 있습니다. 그렇기 때문에 행복을 위한 비결은 바로 단지 행하기만 하면 된다는 것입니다. 만물은 단지 있어지고, 만사는 단지 일어날 뿐이기 때문입니다. 그 모든 존재나 사건을 대할 때 가치를 판단하지 말고, 단지 행하기만 하라는 것입니다.

사람을 만날 때, 공부를 할 때, 일을 할 때와 같은 다양한 상황을 접할 때 단지 행하기만 하는 것입니다. 하기 싫은 마음도, 다시 만나기 싫은 마음도, 귀찮다는 마음도 생기지 않을 때 거기서 진한 행복을 맛볼 수 있습니다. 지금부터라도 자신이 실제로 불행해서가 아니라, 자신이 불행하다고 느낄 때 불행해진다는 사실을 명심하고, 행·불행, 좋고·싫음, 이롭고·해로움 등의 이원성에서 탈피해서 단지 행하기만 하는 가운데 진정한 행복을 발견할 수 있기를 바랍니다.

깨달음 더하기

우연히 듣게 된 김준영 교무님의 너무도 맞는 이야기에 우울하게 하루하루를 살았던 지난 시간이 오히려 소중하게 느껴진 오늘이었습니다. 맞습니다. 단지 있고 단지 행할 뿐입니다. 사업을 했던 지난 시간은 사업을 한 게 아니고, 욕심을 마음껏 부렸던 어리석음의 연속이었습니다. 인연에 따라 듣게 된 좋은 이야기 덕분에 기분 좋게 살 수 있을 것 같습니다. 그리고 너무 감사합니다.

- 서울의 한 남자

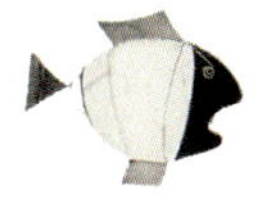

일상을
여행처럼

　중국을 다녀왔습니다. 사천성, 호북성, 호남성 방면으로 다녀왔는데, 중국은 면적으로는 세계에서 세 번째이고 인구로는 첫 번째인 큰 나라입니다. 인구는 13억 5천 명 정도이며, 세계 인구의 22%를 차지하고 있습니다. 그중에서도 사천요리로 유명한 사천성은 인구 1억 정도의 거대한 도시로 한족(漢族) 이외에 이족(彝族)·창족(藏族)·먀오족(苗族)·후이족(回族)·창족(羌族) 등 여러 종족이 다양한 문화를 가꾸며 살아가고 있는 곳입니다. 중국은 규모에 있어서만큼은 정말 엄청난 나라라는 사실을 다시 한번 느끼게 되었습니다.

　여행이란 삶에 있어서 어떤 의미를 가질까요? 나이를 먹을수록 여행은 그냥 논다는 개념과는 다른 어떤 의미가 있다는 생각이 듭니다. 비단 나만의 생각은 아닌 것 같습니다. 구본형 선생님께서는 여행을 "선택한 여정을 따라 보고 느끼며 그때 그 장소의 숨결이 되어 가는 것이다."라고 표현을 합니다. 말하자면 여행 중에 만나게 되는 모든 것들과 하나가 되는 것, 동화되어 버리는 것이라는 겁니다. 그래서 크게는 삶 자체가 여행이라고 합니다.

왜냐하면 여행은 늘 떠남이라는 행위를 동반하는데, 성장하는 삶은 늘 더 나은 모습을 향해 떠나는 용기가 필요하기 때문이라는 것입니다. 그리고 ≪가슴뛰는 삶을 살아라≫는 책을 쓴 명상가 다릴 앙카는 "여행은 자신과 이 세계가 연결되어 있고, 세계 사람들과 한 가족이라는 사실을 깨닫게 해 준다."고 했습니다.

정말 여행을 하다 보면 처음 만난 사람에게서조차 그 조건 없는 친절과 호의에 오래된 친구를 만난 것 같은 느낌을 받을 때가 있습니다. 그런 경험은 사람과 생명에 대한 사랑과 일체감을 싹트게 합니다. 이러한 사실들을 깨닫기 위해 반드시 여행을 할 필요는 없겠지만, 여행은 여행이라는 과정 자체가 이러한 사실을 보다 쉽게 깨달을 수 있도록 인도해 주는 면이 있습니다.

또 어떤 철학자는 "여행이란 안경을 닦는 행위와 같다."고 했습니다. 일상에서 벗어나서 세상을 제대로 볼 수 있도록 자신을 정화하는 일이라는 말입니다. 일상생활 속에서 자칫 무뎌지기 쉽고 왜곡되기 쉬운 자신의 안목을 정비하는 기회라는 것입니다. 선입견이나 편견, 불평이나 불만, 탐심이나 욕심 등에 가려서 세상을 제대로 바라볼 수 없다면 본인이 원하는 행복한 삶을 살아가기가 어렵습니다. 자신이 진정으로 원하는 행복이 어떤 것인지를 알지 못한다면 어떨 때 행복을 느껴야 하는지, 어떻게 그 행복에 다가가야 하는지 알 수 없기 때문입니다.

대나무가 마디가 있어서 곧게 자랄 수 있는 것처럼, 때때로 우리들도 여행을 통해서 우리가 서 있는 곳, 가고 싶은 곳, 우리를 둘러싸고 있는 환경들을 바르게 바라볼 계기를 갖게 됩니다. 마음의 안경에 묻은 먼지를 닦아가는 작업을 해 나가는 것입니다.

여행을 할 때마다 느끼는 몇 가지 특징을 들어보겠습니다. 여행은 무엇보다도 일상을 떠난다는 일차적인 의미가 있습니다. 그리고 그것은 일상을 떠남으로써 자신을 객관적으로 바라볼 수 있는 기회를 갖게 된다는 것을 뜻합니다. 여행 중에는 늘 가방을 꾸립니다. 그렇게 매일 짐을 싸면서도 불평하지 않습니다. 여행 중에는 다음날 어떤 일이 발생할지 모르지만, 그 예측할 수 없음에 대해 두려워하거나 성가시게 생각하지 않고 호기심과 설렘으로 떠나게 됩니다. 그리고 꼭 필요하지 않은 것은 덜어내서 짐을 가볍게 만들고 웬만한 불편함 정도는 쉽게 감수합니다. 여행 중에는 별것 아닌 것에도 세심하게 관심을 기울여서 보고, 듣고, 맛보고 합니다. 사람에게도 마찬가지입니다. 처음 만나는 사람들에게도 호의적으로 대하게 되고, 웬만한 일에는 쉽게 이해하고 관용할 수 있게 됩니다. 이런 여러 가지의 특징들 때문에 여행을 하면 일상생활 속에서 깨닫지 못하는 것들을 많이 깨닫게 되곤 합니다.

그래서 어느 날은 이런 생각을 했습니다. '일상을 여행처럼 살아가자.' 라고. 꼭 일상을 떠나서만 그런 여행과 깨달음이 가능한 것이 아니지 않느냐는 것입니다. 다른 말로 하면 여행 중에는 새롭고 낯설음에 대한 약간의 긴장이 작용해서 깨어 있다는 것으로 이해할 수 있는데, 이와 마찬가지로 일상 속에서 깨어 있기만 한다면 일상이 바로 여행이고, 여행이 바로 일상이 되는 것이 아닐까 하는 생각을 하게 된 것입니다.

그 생각 이후로 나는 일상 속에서 무뎌지는 영성이 잠들지 않고, 게으르지 않도록 일깨우는 노력을 하게 되었습니다. 물론 기회만 되면 훌쩍 여행을 떠나기도 합니다. 그렇게 몇 해가 지나면서 삶이 많이 가벼워지고, 싱싱해지고, 단순해지는 등 여러 가지 변화를 겪게 되었습니다. 여행을 떠날 수 없는 여건에 처해 있다고 실망하지 말고, 일상을 여행하는 마음으로 생생하게 깨어서 바라보고 대하고 행동해 보는 겁니다. 일상을 여행처럼 살아갈 때, 일상은 깨달음의 장으로서, 행복의 장으로서, 실험의 장으로서 그 역할을 다해 줄 것입니다.

 **깨달음 더하기**

참 산다는 것은 재미있는 일인 것 같네요. 왜 사느냐고 물으면 어려워지는 물음이겠지만, 어떻게 사느냐고 묻는다면 많은 답이 나올 수 있겠지요. 저 역시 여행을 무지 좋아합니다만, 살아가는 내 생활 자체도 참으로 많은 것을 알 수 있는 여행이라고 생각해 봅니다. 꼭 가방을 싸서 교통수단을 이용하는 여행보다는 지금 살아가는 이 길이 하나의 여행이 아닐까요? 늘 무거운 짐을 메고 있나요? 전 늘 즐거운 마음으로 제 삶을 살아가고 있습니다. 늘 좋은 글 감사드리며…….

- 지법현

반찬들의
함성

어느 날 저녁을 먹고 산책을 하다가 문득 깨달았습니다. 정말 아이러니하게도 우리들이 살아가기 위해, 건강을 위해, 또는 먹고 싶어서 먹게 되는 음식들은, 어떤 음식이든지 그것을 먹기 위해 누군가에게 수고로움을 끼치거나 다른 생명을 빼앗아옴으로써 가능해진다는 사실입니다. 그 후로 식사를 하려고 식탁에 앉으면 반찬들의 함성이 들리는 것 같습니다.

매일 먹는 밥을 생각해 볼까요? 밥알들은 "내년에 다시 싹틔우고 비 맞고 햇볕 쐬면서 신선한 공기와 자연 속에서 무럭무럭 자라야 하는데 제 목숨을 바쳐서 밥이 되었으니, 맛있게 드시고 저 대신 세상을 위해 훌륭한 일을 많이 해 주세요."라고 소리치는 것 같습니다. 한 톨의 쌀알이 밥이 되기 위해서는 우선 볍씨가 썩어야 합니다. 말하자면 볍씨가 죽어야 하는 겁니다. 그래야만 싹을 틔우고 많은 쌀알들이 맺힐 수 있으니까 말입니다.

농사를 짓는 농부님을 생각해 볼까요? 간혹 뜨거운 여름철 휴가길에 차창 밖으로 보이는 농부님들, 넓은 논밭에서 혼자서 묵묵히

외롭게 일을 하고 계시는 그분들을 보면, 항상 들판의 수도자가 바로 그들이라는 생각을 하게 됩니다. 덥다고 게으름 피우지 않고, 혼자라고 불평도 하지 않으면서 말입니다. 한편에서 휴가를 즐기고 있는 사이에 우리 농부님들이 그런 노고와 수고를 아끼지 않으십니다. 만일 농부님들이 그렇게 땀을 흘리지 않는다면 우리가 이렇게 지금처럼 편안히 앉아서 밥을 먹을 수 없을 것입니다. 농부님들은 "여러 가지 어려움을 겪으며 정성껏 가꾼 농산물을 바칩니다. 부디 잘 드시고 건강하셔서 세상을 위해 좋은 일을 많이 해 주십시오." 라고 당부하시는 것 같습니다.

국에 든 멸치들은 또 어떨까요? "제가 바다를 헤엄치며 재미있게 살아야 하는데 선생님을 위해서 이렇게 목숨을 바칩니다. 부디 맛있게 드시고 세상을 위해 좋은 일을 많이 해 주십시오."

달걀찜에 든 달걀은 어떨까요? "저도 이제 곧 병아리가 되어서 모이도 쪼아 먹고 친구 병아리들이랑 재미있게 놀아야 하는데 선생님을 위해 제 목숨을 바칩니다. 부디 잘 드시고 세상 사람들을 위해 훌륭한 일을 많이 해 주십시오." 하고 있습니다.

햄은 또 어떻습니까? "저도 주인님께서 주시는 맛있는 것 많이 먹고 잠도 실컷 자고, 새끼 돼지들도 보살펴야 하는데, 선생님을 위해 기꺼이 제 목숨을 바쳐서 햄이 되었습니다. 맛있게 드시고 훌륭한 분이 되셔서 저 대신 세상을 위해 좋은 일을 많이 해 주십시오."라고 소리치고 있을 것입니다.

뿐만이 아닙니다. 이 모든 것들을 시장에서 파는 가게 동포님들, 만들어 주시는 공장 동포님들, 운반해 주시는 운송업체 동포님들을 비롯하여 곳곳의 모든 동포님들 모두 "우리가 정성을 다해 땀 흘려 만들었습니다. 잘 사용하시고 세상을 위해 훌륭한 일을 많이 해 주십시오."라고 모두 모두 소리치고 계십니다.

그래서 매일 밥을 먹을 때마다 "고귀한 생명들의 은혜와 많은 분들의 수고로움으로 이렇게 소중한 음식을 주셔서 감사합니다. 이 음식을 먹고 건강하게 세상을 위하여 좋은 일을 많이 할 수 있도록 정성을 다하겠습니다." 하는 기도가 진심으로 우러납니다. 이러한 마음은 음식물을 남기거나 버리지 않게 합니다. 알고 보면 우리들의 식사 한 끼, 간식 한 끼를 위해 모든 소중한 생명들이 목숨을 바치고, 많은 분들이 수고로움을 아끼지 않고 계신다는 사실이 정말 감사할 뿐입니다.

무엇인가를 먹을 때 그 고귀한 생명들을 바치고, 반찬들을 가꾸고 유통시키고 요리해 주신 모든 생명과 모든 분들의 함성을 들을 수 있다면 먹을 때마다 감사하고 보은을 다짐하는 계기가 될 것입니다.

 **깨달음 더하기**

음식물에 대하여 별것 아니게 생각하였는데 이 글을 보고 매우 중요하다는 것을 느꼈습니다. 다시는 음식물을 버리지 말아야겠다는 생각도 들고 매우 뜻이 깊은 글이라 생각합니다.

- 김진영

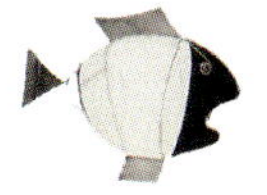

들고
싶은 말

살아가면서 친구나 주위 분들로부터 듣고 싶은 말이 무엇입니까?

"살 빠졌네."

"예뻐졌는걸, 몸 좋아졌네."

"승진했다며?"

"큰 아파트로 이사했다며?"

여러 가지 좋은 말들이 있을 수 있습니다. 하지만 이러한 듣고 싶은 말들을 자세히 들여다보면 사람마다 그 중요하게 생각하는 것은 다르지만 모두 '~게 되었다', '~게 변했다', '나아졌다', '전보다 좋게 변했다'라는 말을 듣고 싶어 하는 것 같습니다.

여기에서 변화란 어제의 나보다 오늘의 내가 나아지고 있다는 말, 과거의 나보다 미래의 내가 좋게 변화한다는 것을 의미합니다. 변화관리 전문가이자 베스트셀러 작가이신 구본형 선생님은 《낯선 곳에서의 아침》에서 행복한 삶을 위해 변화를 강조하십니다. "변화란 무엇인가? 그것은 살아 있다는 것이다. 모든 살아 있는 것들은 변화한다. 변화하지 않는 것은 죽은 것이다. 1년 전과 똑같은 생각을 하고 있다면 당신은 1년 동안 죽어 있었던 것이다. 만일 어제와 똑같은 생각을 하고 있다면, 지난 24시간은 당신에게 있어 죽어 있던 시간이다.” 생명의 가장 기본적인 속성인 변화를 상실한 생명은 살아 있지만 살아 있다고 볼 수 없기 때문입니다.

컴퓨터 바이러스 백신개발 안연구소 CEO 안철수 선생님께서도 ≪CEO 안철수, 영혼이 있는 승부≫에서 비교의 대상을 타인에게서가 아니라 어제의 나와 오늘의 내가 얼마나 변했는가에서 발견한다고 합니다. “나는 다른 사람들과 비교하는 것에 큰 의미를 두지 않는다. 특히 양적인 비교에는 거의 가치를 부여하지 않는다. 다만 진정한 비교의 대상은 외부에 있는 것이 아니라 ‘어제의 나’와 ‘오늘의 나’ 사이에 있는 것이라 생각한다.”

외모도 다르고 생각도 다르고 처한 상황도 다른 사람과 비교하는 것은 마치 개와 고양이를 두고 누가 더 잘생겼냐고 비교하는 것과 같습니다. 다른 사람과의 비교는 이미 의미가 없습니다. 그렇기 때문에 이러한 사실을 아는 사람은 외부 대상과의 비교를 시도하지 않고 스스로의 변화된 모습을 비교해 볼 뿐인 것입니다.

원불교 2대 종법사이신 정산종사님께서도 ‘마음의 생일’이라는 비유를 통하여 “새로운 마음을 분발하는 날이 마음의 생일이며, 날마다 좋은 날이라는 옛 도인의 말씀과 같이 우리는 날마다 마음이 새로워지는 생일로 지내자.” 며 그 변화를 말씀하십니다.

우리, 거울을 볼 때마다 거울 속에 비친 외형의 얼굴만 보지 말고 한 인격체로서 내가 얼마나 좋게 변해가고 있는지를 점검해 보면 어떨까요?

나비의 번데기가 그 상태에 만족하고 껍데기를 벗고 나오는 변화가 없다면 차원이 다른 하늘을 자유롭게 날아다닐 수 없습니다. 살아가는 매 순간 좀더 나아지기 위한 변화의 노력을 얼마나 하고 있는지, 더 나은 모습을 위해 일상생활에서 얼마나 열성과 최선을 다하고 있는지 점검해 볼 일입니다.

얼마나 변해가고 있는지 자문해 볼 때, 스스로 "예"라고 대답할 수 있다면 비록 타인의 칭찬이나 격려가 없다 하더라도 만족스러운 하루하루를 살아갈 수 있으리라 생각됩니다. 뿐만이 아닙니다. 주위 사람들에게도 "그래. 넌, 할 수 있어" "넌 잘 해냈어. 대단해" "너 참 좋아졌어" "너 많이 변했네" 하는 등의 칭찬의 말로 격려한다면 함께 성장하는 삶에 큰 도움이 될 것입니다. 스스로의 좋은 변화를 위해 노력할 뿐 아니라 타인의 변화를 감지하고 함께 기뻐해 줄 수 있는 여유까지 가질 수 있다면 정말 보람 있고 기쁜 삶을 살아갈 수 있을 것 같습니다. 타인의 좋은 변화가 느껴지신다면 아끼지 말고 표현해 보세요. 큰 힘을 들이지 않고도 타인을 위해 좋은 일을 할 수 있는 좋은 방법이 될 것입니다.

▶ 깨달음 더하기

살아가면서 주위 사람들로부터 듣고 싶은 말이라구요? 절 흥보는 말을 듣고 싶네요. 면전에서 칭찬하는 소릴 들으면 왠지 바늘방석에 앉은 듯한 불편함을 느끼곤 하죠. 작은 결점이라도 진심을 담아 충고해 주는 사람이 그립습니다. 내가 나를 제대로 볼 수 있도록 해 주는 그런 충고를 듣고 싶군요.

- 강연주

만나야 할
사람

'인생이란 만나야 할 그 무엇을 찾아 떠나는 여행'이라는 생각을 해 봅니다. 우연처럼 운명처럼 누군가를 만나고 무엇을 만나느냐에 따라 한 사람의 인생이 많이 달라질 수 있기 때문입니다.

6년 전쯤 호주를 방문한 적이 있었습니다. 신문을 깔고 수박을 먹었는데, 우연히 수박씨가 떨어진 곳에 "너, 우프 아니?"라는 기사가 있었던 것이 인연이 되었기 때문입니다. 우프(WWOOF)란 '유기농장에서 일하고자 하는 자발적인 노동자(Willing Workers On Organic Farm)'를 뜻하는 말로, 여행자가 유기농장에서 함께 숙식을 하면서 농사도 짓고 친교를 맺으면서 유기농법을 익히고 각국에서 모여든 외국인들과 다양한 문화를 교류하는 프로그램인 셈이었습니다. 아무도 초대하지 않았지만, 한 알의 수박씨에 이끌려 혼자서 비행기에 몸을 싣고 브리스베인의 산속에 있는 한 농가를 찾았던 것입니다.

그 가정은 흔히 생각하는 현대식 건물이 아니라 캬라반이라고 하는 이동식 주택에 거처하면서 특별한 삶을 꾸려가고 있었습니다.

캬라반은 겉보기엔 콘테이너처럼 생겼는데, 바퀴가 달렸고 내부에 싱크대와 침대, 책상 등이 갖춰져 있어서 숙식을 하는 데 무리가 없는 특이한 공간이었습니다. 브리스베인처럼 따뜻한 지역에서는 아주 유용한 주거공간인 셈입니다. 캬라반에 짐을 풀고 아프리카에서 이민을 왔다는 부부 내외와 교통사고로 다리 하나를 잃었지만 꿋꿋하게 살아가는 개 한 마리를 만났습니다. 이들이 보름간을 같이 지내게 될 새로운 가족이었습니다.

그들과 함께한 하루의 일과는 나무를 심거나 묘목을 옮기는 일부터 시작되었습니다. 그 집 가장인 피터는 매일 아침 20그루의 나무를 심거나 옮기는 일로 하루를 시작하는데, 그 일을 10년간 해왔다고 했습니다. 그는 우리가 버리는 쓰레기들이 잘못 쓰이면 공해가 되지만, 잘만 처리되면 다시 자원이 될 수도 있다는 것을 가르쳐 주었습니다. 철저한 분리수거와 수거 뒤의 적절한 조처로 그 쓰레기가 자연과 함께 어떻게 다시 쓸만한 것들로 변화되는지를 실천을 통해 보여 주고 있었던 것입니다.

그 가정에서 새로운 물건을 사는 일은 거의 없었습니다. 새로 사는 것은 음식물 정도였고, 나머지는 산속에 재활용센터를 만들어 주민들과 함께 재활용해서 최대한 공해를 줄이고 필요한 것을 조달했습니다. 음식물 쓰레기 역시 몇 단계의 썩히고 거르는 과정을 거쳐 거름으로 사용하고 있었습니다.

거기서 하루에 4시간씩의 농장 가꾸는 일, 딩고의 습격으로부터 닭을 보호하기 위해 담장을 치는 일, 유실수를 가꾸기 위해 터를 다지고 가꾸는 일, 농장관리를 위한 길을 닦는 일 등의 매일 매일 계속되는 일과를 통하여 땀 흘리며 일하는 노동의 가치를 새삼스럽게 인식하게 되었습니다.

저녁이면 언제나 화려한 만찬이 우리들을 기다리고 있었습니다. 하루는 아저씨께서 물고기 좋아하느냐고 물으셨습니다. 생선을 좋아하는 나로서는 두 번 생각할 겨를도 없이 "예" 라고 대답했고, 잠시 자리를 비운 아저씨는 어느새 물이 뚝뚝 떨어지는 옷차림으로 팔뚝만 한 생선들을 물통에 하나 가득 잡아오셨습니다. 오염되지 않은 강물에서 자란 연어를 그 자리에서 즉석으로 장작을 지펴 만든 숯불에 프라이팬을 얹고, 버터를 듬뿍 두른 후 생선 버터구이를 만들어주시던 아저씨. 우린 밤마다 자연이 주는 산물을 욕심 부리지 않고 조금씩 취해서 특별한 만찬으로 즐거운 시간을 보냈습니다. 순서를 정한 적 없지만 돌아가면서 설거지를 하는 동안 한쪽에서는 조용히 장작불이 지펴지곤 했습니다. 우리는 그 모닥불을 쬐면서 별을 이야기하고 삶을 이야기하며 언어와 인종을 뛰어넘는 따뜻한 만남의 시간을 가지기도 했습니다. 자연 속의 생명체들과 조화로운 삶을 영위하는 방식과 철학을 배우게 된 특별한 만남이었던 것입니다.

나는 도대체 왜 혼자서 거기까지 가야만 했던 것일까요?

그것은 아마도 그들을 만나기 위함이었다는 생각을 해봅니다. 마음속에 그리던 삶의 전형이 현실적으로 가능하다는 것을 삶으로 확인하기 위해 내 안의 그 무엇이 그들을 만나러 그곳으로 인도했던 것이라고 믿어집니다. 만나야 할 사람. 그들이 어디에 있든 내 직관이 닫혀 있지만 않다면 우연처럼 운명처럼 나는 그들에게 갑니다. 아무리 기다리는 인연이 있어도 우리가 움직이지 않으면 만날 수 없습니다. 앞날이 너무 불투명하고 무엇을 해야 할지 방황하는 사람이 있다면, 만나야 할 사람을 만나기 위한 노력이 부족한 것은 아닌지 점검해 볼 일입니다.

 **깨달음 더하기**

'인연이 있어도 우리가 움직이지 않으면 만날 수 없습니다.'모든 좋은 삶의 인연은 움직이며 노력해야 하는데, 노력하지 않은 채 마냥 기다리며 다른 이에게 나의 잘못마저 전가시킨 채 원망했던 지난 삶이 부끄러워집니다. 가끔은 나의 삶의 모습을 확인해 보듯 점검해 주고 '우연처럼 운명처럼' 다가선 만남들을 귀하게 받아들이렵니다. 순서는 없지만…… 설거지 하는 동안…… 장작불을 지피듯…… 마음이 통하는 만남 속에서 함께 삶의 방식과 철학을 배우고 싶어집니다.

- 유민자

바 른
사 람

평소에 전화를 먼저 거는 편이 아닌데, 어제는 모처럼 전화를 걸기 위해 수화기를 들었습니다. 진급시험을 보느라 하고 싶은 것도 참아가며 공부했는데 생각만큼 성적이 나오지 않아서 속상해 하고 있다는, 아는 동생에게 전화하기 위해서였습니다. 수화기를 들고 번호를 누르려는데 순간 '얘는 먼저 전화하는 일이 거의 없잖아. 언니인 내가 왜 이렇게 늘 먼저 전화를 하는 거지?' 하는 유치한 생각이 스치고 지나갔습니다. 하지만 바로 '뭐긴 뭐야. 먼저 생각난 사람이 전화하는 거지.'라며 대수롭지 않게 전화를 걸었습니다.

그런데, 전화를 받는 상대방은 그 위로 전화에 적지 않은 감동을 받는 듯 했습니다. "언니, 그렇지 않아도 나 너무 우울해서 속상해 하고 있었는데, 언니 전화 받으니 엄청나게 위로가 되네." 하는 것이었습니다. 거기에 덧붙이는 말이 더 중요합니다. "언니, 내가 너무 소심한 건지, 나는 친구들에게 내가 먼저 챙겨주는 편인데, 정작 내가 누군가를 필요로 할 때는 옆에 아무도 없어. 요즘처럼 누군가의 위로와 다정한 말 한마디가 아쉬울 때는 아무도 전화를 걸어오지 않는단 말이야. 언니, 내가 인간관계를 잘 못하고 있는 거아냐?” 하는 것입니다.

　정말 인간관계를 잘 못하고 있는 것일까요?
　아닙니다. 나는 그 동생에게, “아냐. 네가 마음이 따뜻해서 그래.
아마 네가 늘 주위 사람들을 잘 챙겨주니까 너는 늘 꿋꿋하고 아
무런 어려움이 없는 줄 알아서 그럴 거야. 그래서 네가 아무런 소
식이 없어도 평상시처럼 잘살고 있을 거라 믿어버리는 거지. 그러
니까 전화를 걸어서 안부를 물을 필요도 못 느끼는 것이지.”라고

레닌그라드 아담분수 ·　김준영

대답을 해 주었습니다. 그랬더니 그 동생도 “그렇지? 내가 잘 못하
는 것 아니지?” 하며 안도의 마음을 내비쳤습니다.

　사실, 오늘날 우리 사회는 비정상적 가치가 높이 평가되는 경향이

있습니다. 더 많이 사랑한 사람이 바보이며, 자기 것을 덜 챙기는 사람이 바보라는 식의 사고방식이 보편화되는 경향이 있어서, 양보하거나 사양하거나 하는 미덕이 사라지는 일면도 있습니다. 한편으로는 자신의 안전과 편리를 감수하고 인류 공동선의 실현을 위해 오늘도 희생을 감수하는 사람들이 있기도 하지만 말입니다. 주고받는 역학관계에서도 주는 사람이 부족해서이고, 받는 사람은 받을 만한 자격이 있기 때문이라는 통념도 있습니다. 이러한 잘못된 통념은 사람들로 하여금 자기감정에 충실하지 못하게 하고, 자존심 경쟁이라는 불필요한 저울질을 하게 만듭니다.

삶은 주체적이고 자립적으로 살아가는 것이 기본입니다. 그렇게 하면서 타인을 위해 심적, 물적, 신체적 무언가를 나눠 가질 줄 아는 삶, 이것이 바른 삶이 아닐까요? 아쉬운 소리 안 하고, 타인에게 의존하지 않고, 엄살떨지 않고, 스스로의 삶을 주체적으로 살아가는 것이 건강하고 공평한 삶입니다. 나아가서 더 베풀고, 더 사랑하고, 더 많이 배려하는 삶이 아름답고 바른 삶입니다. 혹시라도 지금 이 순간에 앞에 이야기한 동생처럼 바르게 살아가다가 갈등에 부딪히는 사람은 없는지 모르겠습니다.

아무리 많은 사람이 옳다고 생각해도 지켜야 할 가치가 있는 법입니다. 아무리 주위 사람이 몰라주고, 준 만큼의 사랑을 돌려받지 못한다 하더라도 소신 있게 더 많이 베풀고, 더 많이 사랑해 줄 수 있는 바른 사람으로 살아가면 어떨까요? 가슴이 따뜻한 사람이 더 많이 사랑하고, 자상한 사람이 먼저 전화하고, 마음이 큰 사람이 먼저 사과하고, 욕심 없는 사람이 더 손해를 보게 되는 것이지, 부족하고 모자라서 먼저 많이 건네는 것이 아니라는 것입니다. 삶은 과학입니다. 자신이 한 만큼 틀림없이 자신이 받게 되는 이치가 있습니다. 어떠한 마음의 갈등이 있더라도 이 사실을 확실하게 믿고, 바른 사람으로 살아가고, 그런 사람들이 많은 살맛이 나는 이 세상은 얼마나 좋은 세상일까요?

 **깨달음 더하기**

더 많이 사랑하고, 더 많이 손해보면서 살자고 마음으로 다짐하지만 사람이기에 결코 쉽지가 않습니다. 하지만 인내하고 사랑하는 맘으로 살아야겠죠! 이기적인 인간이기에 제가 힘들고 어려울 때에만 이곳을 찾게 되네요. 좋은 글들, 항상 감사하는 마음입니다.

- 이성숙

매일 만나는
기적

사람들은 전혀 예상치 못했던 일이 일어났을 때, 도저히 일어나기 어려운 일이라고 생각하던 일이 일어났을 때 그것을 기적이라고 말합니다.

하지만 곰곰이 생각해 보면 기적은 우리의 삶에서 날마다 일어나고 있다는 생각이 듭니다. 평소에는 1＋1＝2라는 논리를 벗어나는 것이 기적이라고 생각했습니다. 그런 기적은 흔치않은 일이지만, 은근히 내게도 그런 기적이 일어나 갑자기 놀래줄 것 같은 기대를 갖고 있는지도 모르겠습니다. 그러기에 평범해서는 기적이 아니라고 간주합니다.

우리는 대체적으로 삶에서 일어나는 일들을 평가하는 어떤 척도를 가지고 있습니다. 그 척도는 대체적으로 살아오면서 보고 듣고 배우고 하든지, 아니면 천부적으로 선호하는 것들에 대한 가치기준에 의해서 형성된 자기 나름의 세계인식 척도라고 할 수 있습니다. 그렇기 때문에 그런 척도에서 볼 때 일어나기 어렵다고 생각되는 일들을 기적으로 간주합니다. 그것은 어쩌면 기적이 아니라 진리일지도 모르는데도 말입니다.

생각해 보세요. 어제 멈출 수도 있었던 숨을 지금도 쉬고 있으며, 덥기만 할 것 같은 날씨가 오늘은 이렇게 쌀쌀해지고, 반드시 그렇게 해야만 한다고 생각했던 일들이 그렇지 않은 법으로도 지속될 수 있는 것이 신기하고 경이롭지 않은가요?

예술가들은 존재하지도 않는 것을 가시화해서 수많은 작품들을 만들고 있고, 건축가들은 어제까지만 해도 허허 들판의 바람만 지나가던 자리에 수백 명의 사람들이 일하고 휴식할 멋진 건물들을 지어 내고 있습니다. 씨앗이 떨어지면 싹이 돋고 열매를 맺는 일, 슬프면 눈물이 나오고 즐거우면 웃음이 나오는 일, 개구리가 심하게 울면 비가 오고, 아침에 안개가 끼면 낮에는 무더위가 기승을 부리는 일, 손끝이 바늘에 찔리면 피가 나고 다리미에 데면 물집이 잡히는 일, 사과를 먹으면 사과향기가 풍기고 하수구 옆을 지나가면 역겨운 냄새가 코를 찌르는 일 등에 대해 새로운 생각을 갖고 보면 기적 아닌 것이 없습니다. 뿐만 아니라 세상에 많은 사람들이 있지만 똑같은 사람은 하나도 없고, 그 닮지 않은 가운데에도 가족들은 또 왜 그렇게 닮았는지……

이 모든 일들이 누가 조작을 한다면 가능할 수 있을까요? 누가 일일이 신경 써서 이렇게 하도록 한다면 그는 아마도 무한의 능력을 가졌음에 틀림없습니다. 그래서 사람들은 사람으로서는 도저히 못할 것 같으니까 신이라는 존재를 생각해 내고 절대적인 능력과 권위를 부여한 것은 아닌지 모르겠습니다.

의식의 전환입니다. 기적은 가까운 곳에서 일어나고 있음을 실감하는 의식의 전환 말입니다. 기적이 일어나면 얼마나 놀라워하고 때로는 얼마나 고마워합니까? 어제 쉬던 숨을 오늘도 쉬고 있음이 기적으로 느껴진다면, 날마다 새롭고 경이롭고 감사하지 않을까요? 그 감사함은 날마다 우리를 깨어 있도록 해 주지 않을까요? 일상적으로 만나는 인연들을 오늘 또다시 이렇게 만날 수 있음이 신기하고 소중하지 않습니까? 우리는 그렇게 매일 기적을 만나며 살아가고 있습니다. 고정관념에서 벗어나기만 한다면, 알게 모르게 만들어 온 선입견과 편견으로부터 벗어나기만 한다면, 매일 매일 기적에 감사하며, 감동하며, 사랑하며 살 수 있습니다. 기적을 멀리 있는 것으로만 바라보던 내 삶에도 기적이 일어나고 있습니다. 생각을 바꾸고 주위를 둘러보세요. 처음 보는 세상, 기적 같은 순간순간을 감지하실 수 있을 것입니다.

 깨달음 더하기

교무님의 메시지를 통해 그동안 너무 평범해서 기적으로 느껴지지 않던 모든 것에서 기적을 봅니다. 평범함을 기적으로 바라보고 느낄 수 있도록 해 주셔서 감사합니다.

- 김준안

나를 키우러
오신 손님

    살다 보면 우리는 많은 사람들과 만나게 되고, 관계를 맺고 살아가게 됩니다. 하루는 그 사람들과 관계를 맺게 되는 방식을 생각해 보았더니 세 가지 정도로 요약될 수 있고, 재미있는 사실을 발견할 수 있었습니다.

    첫째는 그냥 평범한 만남입니다.
    이런 분들과의 만남에서는 특별한 자극이 없습니다. 특별한 기쁨을 주지도, 특별한 괴로움을 주지도 않는 그냥 물과 같은 사람들과의 만남입니다. 사실 생각해 보면 이런 부류의 만남이 제일 보편적일지도 모릅니다.

    둘째는 행복을 주는 만남입니다.
    그 사람을 생각만 해도 가슴이 쿵쾅거리고, 만나면 더 좋고, 헤어지고 나서도 여운이 남으면서 마음에 행복감이나 설렘, 흐뭇함 같은 것을 안겨주는 사람입니다. 특별한 만남이고 특별한 인연입니다.

    셋째는 아픔이나 상처를 주는 만남입니다. 아홉 가지 잘하는 것은 놔

두고 꼭 한 가지 잘 못하는 것만 꼬집는 사람, 자존심에 흠집을 내주는 사람, 속상하게 하는 사람, 화나게 하는 사람, 아프게 하는 사람, 귀찮게 하는 사람 등 다양한 자극으로 우리를 찔러보는 사람들입니다.

바로 이 세 번째의 만남에 관련된 사람들은 우리 삶에 어떤 의미가 있을까요? 아픔이나 상처를 주거나, 귀찮게 하거나, 화나게 하는 사람들을 대하면 마음이 어떠합니까? 대부분 밉고 싫은 마음이 납니다. 그리고 기회만 닿으면 받은 만큼 되돌려 주고 싶은 마음이 납니다. 복수를 하고 싶은 겁니다. 우리들 대부분은 누군가를 미워하거나 싫어하면 스스로에게 더 상처가 된다는 사실을 알면서도, 그런 사람들을 대하면 어쩔 수 없이 밉거나 싫은 마음이 납니다. 그래서 누군가에게 그런 상처나 아픔을 당하면 마음 한구석에 잘 감춰둡니다. 잊지를 못하는 것입니다. 그러고는 다음에 그 사람을 다시 만나게 될 때, 그 순간의 상대는 이미 예전의 그 사람이 아닌데 그 밉고 싫은 마음으로 대하기 쉽습니다.

하지만, 이러한 사람들이야말로 행복을 주는 사람 못지않게 우리들에게 중요한 역할을 하는 사람들입니다. 왜냐하면 우리는 아픔이나 고통, 화나 속상함과 같은 자극을 통해서 성장할 수 있는 계기를 갖게 되기 때문입니다. 그런 자극이 올 때, 우리는 비로소 우리 자신에 대해서 진지하게 돌아보게 되고, 잘못된 부분이 있다면 고치고 바꿔 나가게 되는 기회를 갖게 된다는 것입니다.

그래서 나는 그런 사람들을 '나를 키우러 오신 손님'이라는 표현을 빌려 생각하려고 노력하고 있습니다. 어리석고 부족한 나를 키우기 위해서 '악역'을 불고하고 내 삶에 찾아온 손님으로 이해를 하고 반응을 한다는 것입니다. 손님은 결코 함께 사는 사람이 아닙니다. 언젠가는 떠날 사람입니다. 그렇기 때문에 아무리 괴롭히고, 못살게 군다고 해도 언젠가 떠날 손님에 대한 예우가 있어야 합니다. 뿐만 아니라 손님이 남의 집을 방문할 때 선물을 가지고 오듯이, 나를 키우러 오신 손님도 우리가 깨어 있기만 하면 받을 수 있는 선물, 우리를 성장시켜 주는 선물을 안고 오는 사람입니다. 그 손님은 때로는 기쁨을 주는 사람으로, 때로는 아픔을 주는 사람으로, 때로는 사랑을 주는 사람으로, 때로는 인내를 시험하는 사람으

부다페스트 어부의 성 · 김준영

로, 그 모습을 달리하고 와서는 우리를 시험하고 시험에 통과한 사람에겐 성장하는 기쁨을 주고 갑니다.

손님을 문전박대하는 경우는 거의 없습니다. 반갑게 맞이하고 반

갑게 보내 드립니다. 그러니까 살아가다가 만나게 되는 사람들 가운데 우리에게 아픔이나 고통, 상처를 주고, 속상하거나 화나게 하는 사람을 만나게 될 때에는 미워하거나 원망하지 말고 '나를 키우러 오신 손님'이려니, 나를 키우기 위해 '악역을 마다하지 않는 고마운 손님'이라 생각해 보는 겁니다. 그들을 대하는 태도에 변화가 올 것입니다. 나아가서 깨어 있기만 한다면 우리는 어떠한 사람도 '나를 키우러 오신 손님'으로 맞이하고 헤어질 수 있습니다. 지금 이 순간에도 예고도 없이 문득 찾아와서 아프게 하고, 속상하게 하고, 화나게 하는 사람이 있었다면, 미워하거나 원망하지만 말고, 한번 더 잘 생각해서 '나를 키우기 위해 스스로 십자가를 짊어진, 악역도 마다하지 않는 그 손님'으로 맞이해 보세요.

늘 깨어 있는 사람이야말로 고통이나 상처만 받지 않고 나를 키우러 오신 손님의 선물도 함께 받을 수 있는 지혜로운 사람이 아닐까요?

깨달음 더하기

고통이 새롭게 안겨주는 기쁨과 희망을 준다는 것을 살아가면서 경험합니다. 잠시 나만의 단점도 잊고 다른 이에게만 전가시키려던 미움과 원망을 지닌 마음들이 좋은 글을 마주하며 좋은 생각으로 바뀝니다. 깨달음에 감사드립니다. 오늘도 나를 성장시키러 오시는 손님이 계시면 반갑게 맞이하며 스스로를 키우겠습니다. 어떤 만남의 인연이든지 새로운 경험의 세계로 안내합니다. 소중한 마음을 나누려 노력하렵니다.

- 유민자

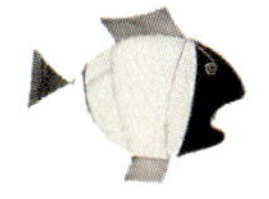

작은
깨달음

보통 깨달음 하면 어떤 특별한 능력을 얻는 것으로 생각하기가 쉽습니다. 그래서 깨달음을 얻은 사람이라고 하면 모습도 비범하고, 하는 행동도 특이해서, 보통사람과는 다른 어떤 모습과 행동을 기대합니다. 그러고는 옛날 만화에 나오는 마귀들이 주로 그랬던 것처럼 빗자루를 타고 하늘을 날아다닌다든지, 허옇게 수염을 기른 노인이 구름을 타고 날아다닌다든지, 축지법을 써서 동에 번쩍, 서에 번쩍 할 수 있는 능력을 가졌다든지, 공중부양을 할 수 있다든지 하는 주로 기이한 능력에 초점을 맞추곤 합니다. 그런데 이런 생각은 모두 깨달음에 관한 오해에서 비롯된 것이라고 볼 수가 있습니다.

나도 한때는 그랬습니다. 좌선을 열심히 해서 깨달음을 얻을 수 있겠다는 생각이 들어서 하루 평균 4시간 이상, 많이 하는 날에는 8시간씩 좌선에 매달렸던 적이 있었습니다. 그래서 시간만 나면 다리를 꼬고 앉아서 좌선을 했는데, 언니 교무님은 그렇게 해서는 깨달음을 얻을 수가 없다고 생각하고 있었습니다. 그래서 좌선을 하고 있는 저를 보며, 동생이 "작은 누나 지금 뭐 하고 있어?" 하고 물었을 때, 언니는 "작은 누나는 좌선을 많이 해서 깨달음을 얻을 거란다. 조만간 빗자루 타고 하늘을 날면서 까마귀 잡아먹으면서 살 거야." 하며 놀려대곤 했습니다.

원불교 교조이신 소태산 대종사님께서도 깨달음을 얻기 전에 도사를 찾아 헤맸던 적이 있었습니다. 어린 시절에 우주와 인생의 문제에 해답을 얻기 위해 스승을 찾아 방황하실 때, 거지나 도둑들을 집으로 모셔온 일도 있었습니다. 동네 어른들이 도사를 만나면 그 모든 의문을 해결할 수 있다고 하고, 도사들은 그 행색이 보통사람과 달리 특이하다고 말해 주었기 때문입니다. 하지만 대종사님께서 특이해서 집으로 모셔간 사람들은 우주와 인생에 대한 해답은커녕 소를 훔쳐 달아나거나 야반도주를 해버렸습니다. 자신들이 어린 대종사님의 의문을 해결해 줄 수 없었기 때문입니다.

그렇다면 정말 깨달음이란 무엇이며, 깨달은 사람은 어떤 모습일까요? 부처님께서는 깨달음을 비유하시기를 가난한 집에 보배 있음을 아는 일이라고 하셨습니다. 가난한 사람이 집에 보배가 있다는 사실을 알기만 하면 그 보배를 팔아서 양식을 살 수도 있고, 책을 살 수도 있고, 필요한 것들을 사서 부자처럼 잘살 수 있게 됩니다. 그러한 것처럼 우리가 깨달음을 얻는다는 것은 살아가는 하루하루의 일상생활 속에서 세상의 참된 이치, 곧 진리를 발견해서 마음을 쓸 때마다 그 진리에 근거해서 공부도 하고, 사람도 만나고, 일도 하고 하는 것을 말하는 것입니다. 진리란 말 그대로 참된 이치를 말하기 때문에 이 진리에 기초해서 공부하고, 일하고, 생활한다면 가난한 사람이 집에 있던 보배를 팔아서 필요한 것을 구입하는 것처럼, 우

아침 이슬 · 황인철

리들이 원하는 삶을 살아갈 수 있도록 해 줍니다. 그리고 그것이 바로 행복에 다가가는 삶이 될 것입니다.

그러므로 깨달음이란 우리를 참 세계, 행복한 세계로 이끌어 주는 지혜의 획득을 의미한다고 할 수 있습니다. 큰 깨달음은 부처님이나 대종사님이나 예수님처럼 우주와 인생의 문제를 완전히, 확실히 아는 것을 말하고, 작은 깨달음은 여러분이나 나처럼 우리가 매일매일의 일상생활 속에서 진리의 한 가르침을 얻는 것을 말한다고 볼 수 있습니다.

그렇기 때문에 이러한 작은 깨달음은 머리 깎고 산속에 들어가서 용맹 정진하는 스님들만 얻을 수 있는 것도 아니고, 특별한 고행이나 수련을 통해서 얻을 수 있는 것도 아닙니다. 우리 모두가 하루하루의 생활 속에서 얻을 수 있는 삶과 인생에 대한 작은 지혜를 말합니다. 그렇기 때문에 작은 깨달음이란 일상성에 빠져 살거나, 습관이나 자기 자신의 이기적인 욕심에 끌려서 살아오던 대로 그냥 그렇게 살아가는 것이 아니라, 좀더 사실적이고 바른 진리에 대한 의문, 궁금해하는 마음에서 얻어지는 것입니다. 그리고 이러한 작은 깨달음은 한 깨달음 한 깨달음 얻을 때마다 거기에 비례해서 우리 삶이 자유롭고 넉넉하고 행복해집니다.

 지금부터는 멀리 있는 스승의 깨달음을 전해 듣는 것에 연연해하거나 권위 있는 스승의 깨달음을 감탄하고 숭배하는 일에 그치지 말고, 자신의 삶의 기반이라고 할 수 있는 일상 속에서 자기의 작은 깨달음을 발견해 나가기 바랍니다. 화려하지는 않지만 자신을 변화시키는 힘 있는 깨달음의 의미를 발견하게 될 것입니다.

깨달음 더하기

삶 속의 작은 깨달음이란 특별한 계층만이 경험할 수 있는 것이 아닙니다. 누구나 작은 깨달음을 느낄 수도 있고, 자신만의 아주 작은 철학 속에서 보다 더 깊은 맛을 느낄 수가 있습니다. 그러한 삶 속의 작은 깨달음을 느끼기 위한 조건 또한 없습니다. 운전 중에도 느낄 수가 있습니다. 자연스런, 그야말로 조건 없는 일상 속에 우리는 누구나 자연스런 깨달음을 영유하고 있지요.

- 김봉관

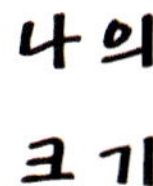

**나의
크기**

당신은 얼마나 큰사람이냐고 묻는다면 어떻게 대답을 하시겠습니까? 큰사람이라고 하면 우선 키는 얼마이고, 몸무게는 얼마나 많이 나가는가를 생각하게 됩니다. 하지만 조금 다른 각도에서 우리들의 크기를 재볼 수도 있습니다.

이 지구상에는 기아나 전쟁, 재해 등으로 생명을 잃는 많은 이웃들이 있습니다. 이처럼 이웃애나 인류애를 이야기하는 이유는 이웃이나 인류, 나아가서 모든 생명이 남이 아니라 바로 나라는 믿음이 근본을 이루기 때문일 것입니다. 하지만 그 나라고 느끼는 범위가 사람마다 차이가 있다는 사실을 아시는지요? 오로지 자기밖에 모르는 사람이 있는가 하면, 부모나 형제, 자녀를 자기로 아는 사람, 친척이나 이웃을 자기로 아는 사람, 자기 나라, 자기 민족만을 자기로 아는 사람, 또는 돈을 자기로 아는 사람, 골동품을 자기로 아는 사람, 차를 자기로 아는 사람, 자존심을 자기로 아는 사람, 허영을 자기로 아는 사람 등 그 자기로 느끼는 범위가 각양각색입니다.

얼마 전에 어느 원불교 교도님으로부터 충격적인 기도의 내용을 들었습니다. 사업을 하시는 분인데, 사업도 잘되시고 돈도 많이 벌고 하셔서 먹고살 만하신데도 아끼는 데 철두철미하신 분이었습니다. 재활용할 수 있는 것은 최대한 재활용하고, 비닐봉투 하나라도 잘 펴서 시장에 계신 분들에게 갖다 주고, 독거노인 목욕을 비롯한 각종 봉사활동을 위해 하루 종일 분주한 그분의 기도하는 마음가짐이 너무 충격적이었기 때문입니다. 그 분은 "나는 지금까지 나를 위해, 나의 가족을 위해 기도를 해 본 적은 한 번도 없다."고 했습니다. 교당에도 열심히 나오시고, 복 짓는 일에 열심이신 그분의 그 말씀은 처음 들을 때는 너무 놀라웠습니다. 그런데 계속 듣고 보니 정말 이해가 갔습니다.

그분이 자신을 위한 기도나 자신의 가족을 위한 기도를 하지 않는 이유는 남을 위해 열심히 일하는 가운데 자신이나 자신의 가족이 복을 받기 때문에 따로 잘되게 해달라는 기도를 할 필요가 없다는 것이었습니다. 그래서 그분은 기도를 하실 때, 맨 먼저 이 세상의 평화를 위해 기도하고, 그 다음에 모든 인류의 평안을 위해 기도하고, 그 다음에 우리나라와 원불교의 발전과 평화를 위해 기도한다는 겁니다. 그렇게만 기도하면 자연히 가족이나 자신의 일이 잘 풀려나가기 때문에 자기 자신을 위한 기도는 따로 필요가 없다는 것입니다.

그 말씀을 들으면서 한편으로 부끄러운 생각이 났습니다. 나 자신을 위한 기도는 안한 지 이미 오래되었지만, 가족을 위한 기도는 하지 않을 수가 없었기 때문입니다. 내가 너무 작았던 것입니다.

우리가 나이를 먹고, 늙어 가면서 작은 나에 집착하고, 한정된 가족에 집착하고, 돈이나 기타 소유물에 집착하면 할수록 고통스런 생활을 하기가 쉽습니다. 하지만 작은 나를 확장시켜서 가족뿐 아니라 직장동료, 이웃, 민족, 인류, 모든 생명체까지를 내 몸과 같이 여기고 아끼고 사랑한다면, 그 모든 사람들과 생명들이 여러분을 아끼고 사랑하여 조화로운 삶을 살아갈 수 있을 것입니다.

어떤 사람이 되고 싶습니까? 그리고 과연 어떻게 해야 큰사람이 될까요? 아마도 그 시작은 타인이나 생명에 대한 관심과 사랑일 것이고, 양보와 희생이 아닐까 생각합니다. 지금이라도 나 자신이나 가족에 국한된 자신의 크기를 발견하게 된다면, 주위를 둘러보고 어려운 이웃이나 형제나 동포에게까지 사랑이나 관심이 미치는지, 그리고 내가 가진 어떠한 것을 나눌 준비가 되어 있는지 한번 냉철히 돌아보았으면 합니다. 작은 나를 벗어나서 큰 나로 성장하는 삶이되기를 기도합니다.

깨달음 더하기

'나를 용서해 주소서', '나를 지켜 주소서', '나의 평온을 위해 나를 이 자리에 이끌어 주는 이들에게 감사함을……' 이런 기도가 사원 앞에 서면 맴돌곤 합니다. 나도 모르는 사이 지은 죄, 나를 지켜 내야지만 모든 생명체를 사랑하며 조화롭고 따뜻한 삶을 가꿀 것 같은 부족한 생각이 들곤 합니다. 나의 크기가 너무 작은 것은 아닌지 반성해야 하나요?

- 유민자

해마다
봄이 되면

봄을 맞으면 무슨 생각을 하세요? 봄, 하면 두 분의 말씀이 떠오릅니다. 바로 시인 조병화 님과 원불교 교조이신 소태산 대종사님의 말씀입니다. 조병화 님의 시 <해마다 봄이 되면>을 여기에 소개하겠습니다.

> 해마다 봄이 되면
> 어린 시절 그분의 말씀
> 항상 봄처럼 부지런해라
> 땅 속에서, 땅 위에서,
> 공중에서
> 생명을 만드는 쉼 없는 작업
> 지금 내가 어린 벗에게 다시 하는 말이
> 항상 봄처럼 부지런해라

그래서 늘 봄이면 겨울 동안의 게으름을 벗어나 뭔가 활력 있고 부지런한 새 계획을 세우곤 합니다.

또 한 분 원불교 소태산 대종사님의 말씀이십니다. "봄바람은 사가 없이 평등하게 불어 주지마는 산 나무라야 그 기운을 받아 자라고, 성현들은 사가 없이 평등하게 법을 설하여 주지마는 신 있는 사람이라야 그 법을 오롯이 받아갈 수 있나니라." 그렇습니다. 봄바람은 평등하게 불어 주지만, 살아 있는 나무라야 그 기운을 받아서 새싹을 틔우고 성장을 계속할 수 있습니다. 마찬가지로 지혜로운 분들도 끊임없이 진리에 대한 깨달음의 소식을 전해 주고 있지만, 관심 없고 믿지 않으면 진리를 알지도 못하고, 깨달음을 통한 행복한 삶을 살아가기도 어렵습니다.

해마다 봄이 되면 떠오르는 이 두 분의 말씀은 스스로 살아 있느냐, 깨어 있느냐 라고 자문해 보는 계기가 됩니다. 봄뿐만이 아니겠지만, 이 봄에는 우리가 죽었는지, 살았는지, 깨어 있는지, 무디어져 있는지 돌아보는 소중한 계절인 것만은 사실입니다. 우리가 행복하게 살아가기를 바라지만 어떻게 사는 것이 행복인지를 알지 못한다면, 행복은 영원히 우리 삶과는 괴리된, 요원한 꿈에 불과할 수 있습니다. 하지만 초롱초롱하게 깨어서 삶의 진실을 이해하고, 자각적이고 주체적인 행복을 이해하게 되면 어느새 행복한 삶을 살아가고 있는 자신을 발견할 수 있을 것입니다.

그래서 생각한 것 중의 하나가 청개구리적 시선으로 나와 세상에 대해 다시 보기를 시도하는 것입니다. 지금까지 알아 왔던 모든 가치, 존재, 사건들에 대해서 청개구리적 시선으로 주체적이고 자각적으로 다시 의미 부여를 하는 것입니다. 이것은 분명 새 삶의 발견입니다. 상식이라는 것, 지금까지 상식이라고 생각해 왔던 것들이 혹시 선입관이나 고정관념은 아닌지, 혹시라도 이 상식이 모든 사람들과 동일한 것이라는 착각을 하고 있는 것은 아닌지 모르겠습니다. 이 상식이라는 것이 세상을 많이 알면 알수록, 사람을 더 많이 이해하면 이해할수록, 깨달음이 깊으면 깊어질수록 그 깊이와 폭에 있어서 다른 안목을 갖게 된다는 것입니다. 그래서 한번 알게 된 것을 아무런 자각 없이 그대로 고집하거나, 남들이 그러니까 그렇다는 식의 판단을 지속하는 경우는, 마치 봄이 왔는데도 살아 있지 못한 나무처럼 봄기운을 제대로 받지 못해서 성장을 할 수 없는 사람과 같아질 수 있다는 것입니다. 그러니까 늘 깨어 있는 마음을 간직해서 작은 깨달음을 일상의 삶 속에서 얻어 나가게 된다면 봄처럼, 부지런히 스스로도 성장하고 주위의 모든 인연들에게도 그 지혜와 덕성의 빛을 발휘하게 될 것입니다.

봄이 왔는데, 우리 스스로 깨어 있는지, 무디어져 타성에 빠진 채로 살아가는지, 살았는지, 죽었는지 스스로 돌아보는 기회를 가져보면 좋겠습니다. 만일 어떻게 하는 것이 깨어 있는 것인지, 살아 있는 것인지 잘 모르겠다면 청개구리적 시선으로 세상 다시 보기를 시도해 보세요. 날마다 보던 하늘, 산, 강과 들이 처음 보는 것처럼 새롭게 느껴질 것입니다.

 깨달음 더하기

봄은 곧 청춘입니다 사춘기의 발랄함과 생동감과 꿈, 희망 정말 생각만 해도 마음 설레는 시기입니다. 그때를 생각하며 힘차고 능동적으로 살아가는 것이 곧 봄의 마음이 아닐지.

- 김혁

**무 지 와 의
전 쟁**

아침이면 눈물을 훔치며 출근하는 일이 자주 있습니다. 아침에 뉴스나 인터뷰를 보면서, 미－영 연합군과 이라크 국민들이 겪는 참상들이 너무 안타깝고 가슴 아파서 눈물을 흘리게 됩니다.

전쟁이 일어나지 않기를 간절히 바랬지만, 이미 전쟁은 시작되어서 이미 많은 이웃들이 목숨을 잃었고, 무고한 많은 어린이들과 노약자들이 전쟁의 공포와 참상으로 희생당하고 있습니다. 하루 빨리 전쟁이 끝나서 더 많은 희생자들이 생기지 않기를 바라며, 이미 고인이 된 영가들이 저세상에서 편히 쉴 수 있기를, 가족과 친지, 이웃과 친구를 잃은 이웃들은 하루 빨리 그 고통에서 벗어나기를 간절히 기도합니다.

지구 한편에서 이런 비극이 일어나고 있는 현 상황에서 과연 우리는 무엇을 할 수 있을까요? 마음은 이라크에 가서 인간 방패를 서고 있지만, 몸은 예전과 다름없는 생활을 지속하고 있는 내가 부끄럽기도 하고 안타깝기도 하고 하면서 많은 생각이 스칩니다. 미－영 연합군이나 이라크가 국익 앞에 수많은 희생자들을 양산하고 있는 지금, 과연 이 시대 전쟁은 누구와 해야 하는 것인지 한번 생각해 보게 됩니다.

이번 전쟁이 왜 일어난 것일까요? 경제적인, 종교적인, 문화적인 여러 가지 이유를 찾아볼 수 있겠지만, 가장 근본적인 원인은 무지의 소산이라 생각합니다. 진실에 대한 무지, 무엇이 진정한 국익인지, 무엇이 진정으로 소중한 것인지에 대한 무지가 이번 전쟁을 발발시켰다고 봅니다. 미국도 영국도 이라크도 모두 자국의 이익을 위해 전쟁을 하려하고, 러시아도 프랑스도 중국도 모두 자국의 이익을 위해 전쟁을 반대하고 있습니다. 이 모든 나라가 자국의 이익이 행동의 기준이 될 뿐, 그보다 더 소중한 가치에 대해서 무지하기 때문에 오늘과 같은 현상이 일어나고 있는 것입니다.

오늘날 21세기의 찬란한 문명의 발전에 정신적인 발전이 뒷받침되지 못했기 때문에, 말하자면 진실에 대한 안목이 열리지 못했기 때문에, 자국의 이익을 위해 열심히 싸우지만, 결국은 자국민의 희생을 초래하며 많은 가족들에게 아픔과 고통을 주고 있습니다. 그 자국의 이익이라는 것이 경제적인 논리에서 접근되기 때문에 그것보다 더 소중한 가치, 생명과 환경에 대한 가치가 매몰되어 오늘의 이러한 비극이 초래되고 있는 것입니다. 그렇기 때문에 우리들 마음속에서, 전 인류의 마음속에서 이 무지가 극복되지 않는 한, 또 다른 형태의 전쟁은 피할 수 없으리란 생각이 듭니다.

성숙된 인격의 특징 중의 하나는 '자기 확대'라고 합니다. 자기가 일신의 안락에 머무는 인격이 있는가 하면 가족· 친지· 동료· 국가

· 세계에 미치는 인격이 있습니다. 우리가 존재와 사건의 실상에 대해 눈을 뜨면 뜰수록 우리 모두가 하나라는 사실을 실감하게 됩니다. 그리고 오늘날 이라크전을 보면서 우리가 할 수 있는 일이 너무나 미약함에 무력감을 느낌과 동시에 진정한 전쟁은 내 안의 무지와의 전쟁을 선포해야 하는 것이 아닌가 하는 생각이 듭니다. 이번 전쟁을 지켜보면서, 미국의 옳고 그름에 대해 논하거나 미국에 대한 분노와 적대감을 갖기에 앞서, 이라크 국민들에 대한 동정이나 연민에 앞서서 우리 속의 무지에 대해 다시 한번 반성하고, 그것의 극복을 위해 노력을 기울여야 할 것 같습니다.

그러므로 지금 우리가 해야 하는 일은 전쟁의 참사로 고통받는 모든 이들의 건강과 평화를 기원하고, 전쟁 후 복구를 위한 성금모금에라도 작은 정성을 더하도록 하는 것도 중요하지만, 한편으로는 무기를 들이댄 전쟁만이 아니라 우리의 일상에서 무지로 빚어지는 크고 작은 피해와 상처를 줄이기 위해, 그리고 더 나은 삶을 위해 '무지와의 전쟁'을 선포하고 진실에 눈뜨는 노력을 경주해야 하지 않을까 합니다. 지혜로움만이 우리의 삶 도처에서 일어나는 다양한 갈등과 분쟁들을 최소화할 수 있는 유일한 대안이라는 생각이 들기 때문입니다.

깨달음 더하기

전쟁은 아주 야만적인 행위, 무지에서 온다고 생각합니다. 그들이 우리 마음공부를 조금이라도 했다면, 정치를 하는 사람들이 깨어 있는 사람들이라면 결코 이번 같은 전쟁은 없었으리라 생각합니다.

— 김지인

살다 보면 본의 아니게 일이 꼬이거나 화가 나는 일이 있습니다. 오늘 내게도 잠시나마 내 마음을 흔들어 놓은 일이 있었습니다. 말하자면, 사람에 대한 실망과 불신에 관한 문제로 친구라고 지내는 주위 인연들이 아군인지 적군인지 모르겠다는 것 때문이었습니다. 예전 같으면 그냥 화가 나거나, 실망하거나, 원수를 갚고 싶은 충동이 일어나거나 하는 식으로 결말이 났을 테지만, 오늘은 한 단계 더 들어가서 그 사건을 바라보게 되었습니다.

그러면서 지금까지 친구라고 생각하며 지내온 저의 태도를 돌아보게 되었습니다. 그랬더니 오늘의 일이 우연이거나 타인의 잘못 때문에 일어난 일은 아니라는 결론에 이르렀습니다. 뭔가 내게도 잘못이 있다는 것을 인정하게 된 것입니다. 삶이란 자신의 선택에 의해 그 결과를 감내하며 살아야 하는데, 때로는 내 용기의 부족을 타인의 말을 듣는 척하면서 전가하는 면이 있었다는 것입니다. 오늘의 일로 인하여 나는 그런 내 자신을 더욱 적나라하게 들여다보게 되었습니다. 이제는 벌써 낮의 일은 지나가 버렸고, 내게 다가

오는 모든 것들이 나를 일깨우고 성장시키는 가르침의 이벤트라는 것을 깨닫는 일만 남았습니다.

미국의 어느 젊은 기자가 "미국의 국회의원들은 다 저능아다."라는 신문기사를 작성했다고 합니다. 그 문장을 미리 본 고참 기자가 그에게 충고했습니다. "그 기사가 나가면 국회의원들의 항의가 빗발칠 것이다. 그러나 한 구절만 추가하자." 그래서 다시 고친 문장은 이랬습니다. "미국 국회의원들은 한 명만 빼고 다 저능아다." 이 기사가 나간 후 항의한 국회의원은 한 명도 없었답니다. 국회의원들은 모두 그 '한 명'이 바로 '자기 자신'이라고 믿었기 때문입니다.

자기에 대해서 제대로 인식한다는 것이 얼마나 힘든 일인지 모릅니다. 나폴레옹은 "불행은 언젠가 잘못 보낸 시간의 보복"이라고 했습니다. 그것은 전생일 수도 있고, 어제일 수도 있고, 바로 조금 전의 일일 수도 있습니다. 그리고 시인 신경림 선생님은 "모든 불행엔 충고의 송곳이 있다. 자만치 말라는, 마음 낮춰 살라는 송곳, 불행의 우물을 잘 들여다보라는 송곳, 바닥까지 떨어져서, 다시 솟아오르는 햇살의 송곳이 있다."고 말씀하십니다.

그렇습니다. 살다 보면 예상치 않은 일로 마음의 평화를 깨뜨리는 일들이 일어날 수 있습니다. 하지만 그 일들에 대해서 무작정 화를 내거나, 섭섭해 하거나, 재수가 없다거나, 미워하거나 하지 말고 그 이벤트 속에 함께 들어온 송곳의 가르침을 찾아보도록 하면 어떨까요? 내가 지금 처해 있는 이 현실은 존재할 수 있는 가장 최선의 상태라는 사실을 명심하고, 무슨 일에서 아프거나 불편하거나 괴롭

다면, 그 괴롭거나 불편하거나 아프거나 한 내 감정에 동요하지 말
고, 그 찌르는 송곳의 충고가 무엇인지 찾아보면 어떨까요?

 **깨달음 더하기**

찔리기만 하면 아픈 줄만 알았던 송곳을, 내 행동을 볼 수 있게 하고
내 자신을 성숙되게 한다고 하니, 감사하는 마음이 살아나는 훌륭한 도
구로 잘 사용할게요.

- 김민규

떨어내기

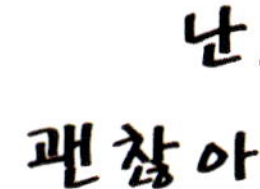

로또 당첨보다 더 값비싸고, 더 영구적인 주문 하나를 가르쳐 드
릴까 합니다. 지금은 조금 잠잠해졌지만, 한창 로또 열풍으로 사람
들 마음이 기대와 실망을 오갔던 적이 있었습니다. 복권을 사서 당
첨된 사람은 극소수이고, 그것으로 인해 적지 않은 돈을 날려버린
사람도 많았을 것입니다. 그래서 지금은 그렇게 허망한 것이 아니
라 사실적이고 합리적인 행운을 장만하는 주문을 가르쳐 드리려고
합니다.

우리들 모두는 어느 정도는 착하게 살고, 남을 도우며 살고, 좀더
타인을 배려하며 살아가고 싶어 하는 생각이 있습니다. 하지만 그
생각이 실제 행위로 연결되지 못하기가 쉽습니다. 과연 그 이유가
무엇일까요? 잠시나마 각자의 이유를 찾아보세요.

그것은 아마도 어리석은 자기중심적인 본능 때문이라는 생각을
해 봅니다. 자기중심적으로 살아갈 수밖에 없는 현실적인 우리와
가치 있는 일을 하고 싶은 이상적인 우리가 있기 때문에 늘 갈등

을 하는 것이죠. 그래서 그 이상과 현실의 간격을 좁힐 방법을 생각하다가 이 주문을 깨달았습니다.

바로 이 '난, 괜찮아'라는 주문입니다. 이 주문과 반대되는 주문을 생각해 보면 어떤 확신이 들 것입니다. 바로 '나는, 안 돼' 또는 '하필이면 내가 왜?'라는 주문입니다. 나는 아파도 안 되고, 추워도 안 되고, 맛있는 것 덜 먹어도 안 되고, 돈이 부족해도 안 되고, 소지품이 부족해도 안 되고, 상처를 받아도 안 되고, 피곤해도 안 되고, 아파도 안 되고, 바빠도 안 되고, 힘들어도 안 되고, 충고를 들어도 안 되고, 실수를 해도 안 되고 등. 이런 식으로 생각하다 보면 절대로, 정말 절대로 타인을 배려하거나 좋은 일을 할 수가 없습니다. 이런 사고방식으로 길들여져 있는 사람은 함께 있는 사람을 답답하고 불편하게 만듭니다. 그리고 이런 사람은 대체로 상대에게 주는 것 없이 미운 마음이 나게 하고, 해 줄 수 있는 것도 아끼고 싶은 마음이 나도록 만들어 버립니다. 그래서 결국에는 스스로도 늘 부족하고, 늘 불편하고, 불안하고, 불안정한 삶을 살게 됩니다.

하지만, '나는, 괜찮아'라는 주문을 갖고 있으면, 나는 아파도 괜찮아, 추워도 괜찮아, 조금 덜 먹어도 괜찮아, 조금 더 불편해도 괜찮아, 조금 더 손해를 봐도 괜찮아, 내가 더 많이 사랑해도 괜찮아, 실수를 좀 해도 괜찮아, 조금 더 바빠도 괜찮아, 돈이 조금 없어도 괜찮아, 조금 더 힘들어도 괜찮아……

이렇게 생각하기 시작하면, 어느새 내 마음에는 평화와 여유가 채워지기 시작하고, 타인에게는 용서와 배려와 사랑이 가득해지기 시작합니다. 이런 사고방식으로 노력하는 사람과 함께 있는 사람은 편안하고 고마움을 느끼게 됩니다. 그러면 받는 것 없이 좋은 마음이 나고, 안 주어도 될 것까지 주고 싶은 마음이 나게 만듭니다. 그래서 어디를 가든지, 누구를 만나든지 이런 마음이 나게 만들기 때문에 늘 넉넉하고, 늘 여유 있고, 늘 편안한 삶을 살아갈 수가 있습니다. 아마 로또 복권 당첨된 사람보다 훨씬 풍요롭게 살아갈 수 있을 것입니다.

원불교 교조이신 소태산 대종사님께서는 "중생은 영리하게 제 일만 하는 것 같으나 결국 자신이 해를 보고, 불보살은 어리석게 남의 일만 해 주는 것 같으나 결국 자기의 이익이 되나니라." 라는 법문으로 나를 조금 뒤에 보살펴도 되는 이유를 말씀해 주십니다. 살신성인이라는 말도 있습니다. 내 몸을 바쳐도 괜찮다는 마음으로 인을 실천하는 사람에게 바쳐지는 수식어입니다.

꼭 몸을 바치지 않는다 하더라도 일상생활 중에서 조금만 '난, 괜찮아' 하고 자신을 양보하기 시작하면, 그 양보한 것 못지않은 무언가를 얻게 될 것입니다. 시간이 걸릴지는 몰라도 언젠가는 반드시 보답이 있게 마련입니다. 그리고 더 중요한 것은 후에 일어날 보답보다도 '난, 괜찮아'라는 주문을 걸고 양보하는 미덕을 발휘하는 순간 마음에 꽉 차오는 기쁨이나 뿌듯함이 느껴질 것입니다. 그것이면 충분하지 않을까요?

✹ 깨달음 더하기

글을 읽으며 떠오르는 생각이 하나 있었습니다. 제가 가끔 하는 생각인데, '왜 나만?'이라는 생각이었습니다. 혼자 앉아, 한숨을 쉬며 그런 생각이나 푸념들을 많이 했었던 것 같습니다. '왜 나만 이렇지?' 다들 잘 풀리는데, 다들 잘살고 있는데, 다들 자리를 잡았는데……. 그러면서, 나를 탓하고, 나를 되돌아보는 것이 아니라, 남을 탓하고, 모든 책임을 남에게 돌려버리는 나를 볼 수 있었습니다. 난 왜 재수가 없을까? 난 왜 되는 일이 없을까? 난 왜 복도 없을까? 이런 생각들로 책임을 회피했던 저의 모습이 참 부끄럽게 생각됩니다. 이제 저도, '왜 나만?'이라는 불평과 근심으로부터 '난 괜찮아'라는 주문을 걸어 볼 생각입니다. 주문을 외워야지. '난 괜찮아, 난 괜찮아.' 정말 모든 일이 잘될 거 같네요.

- 김쥬리

기대
안 하기

우리가 느끼는 많은 고통 가운데 하나가 바로 지금 이 순간에 깨어있지 못하기 때문에 비롯된다는 사실을 알고 계신가요? 지금 이 순간에 깨어있지 못하다는 것은 과거의 기억이나 미래에 대한 예측으로 방해를 받는다는 것을 의미합니다. 그렇기 때문에 자칫하면 실제 지금 이 순간에 전개되는 상황보다 훨씬 더 고통스러울 수 있고, 때로는 생각 때문에 고통을 불러들이기도 합니다. 그리고 우리를 지금 이 순간에 깨어 있지 못하게 방해하는 것들이 많이 있겠지만, 그 가운데 중요한 것 중 하나가 바로 이 기대라는 것입니다.

만일, 친한 친구나 연인이 갑자기 전화를 해서 "내일 좀 만나자."고 한다면, 또는 교수님이나 선배, 직장 상사가 갑자기 메시지를 남겨서 "내일 저녁에 한번 보자."고 한다면 여러분의 마음은 어떨 것 같나요? 친한 경우에는 적지 않은 기대를, 후자의 경우에는 적지 않은 두려움을 느끼게 될지도 모릅니다. 지금 당장 일어난 일은 아무것도 없고, 내일 만나게 될 것이라는 약속만이 있을 뿐인데 우리는 그 두 전화로 우리 마음이 기대와 설렘, 두려움이나 걱정으로 채워짐을 발견하게 됩니다.

왜 그런 일이 일어나는 것일까요? 실제로 시간이 흘러서 내일이 되고, 친구나 애인, 교수님이나 직장 상사를 만났을 때, 친구나 애인이 별일 아닌 이야기를 하게 되거나, 교수님이나 직장 상사가 그간의 일에 대해 칭찬을 하게 된다면 우리는 또 어떤 느낌을 받게 될까요? 친구나 애인에게는 약간의 실망감을, 교수님이나 직장 상사에게는 뜻밖의 기쁨을 느끼게 될 것입니다. 친구의 경우는 기대에서 실망으로, 교수님이나 상사에게는 두려움에서 기쁨으로 바뀌는 순간입니다. 현실적으로 만나는 시간까지 불필요한 불안이나 걱정에 떨게 되고, 현실적으로 만난 순간 불필요한 실망감을 경험해야 하는 모순에 빠져 살아가게 되는 단면입니다.

기대가 크면 실망이 커지고, 기대가 없으면 있는 그대로를 경험하게 됩니다. 우리가 순간순간 깨어 있자는 것은 앞에서 말한 그 불필요한 두려움이나 실망을 없애 나가자는 것을 의미합니다. 하지만 실제 우리는 과거에 대해서는 내가 한 것에 대한 보상에 대해 기대하고, 미래에 대해서는 내 중심적으로 마음대로 기대하며 살아가는 습관이 있습니다. 그래서 성공을 기대하고, 건강을 기대하고, 깨달음을 기대합니다. 그러고는 그것들이 뜻대로 충족되지 못할 경우 고통을 받는 경향이 있습니다.

하지만, 아이러니하게도 기대를 갖지 않고 살아가는 삶은 평화롭고, 유쾌하고, 다정한 삶을 가능하게 해 줍니다. 원불교 교조 소태산 대종사님께서도 두 가지 어리석은 사람에 대해 말씀하시면서 '제 마음도 마음대로 쓰지 못하면서 남의 마음을 제 마음대로 쓰려는 사람'을 지적해 주셨습니다. 기대의 근원은 바로 이 남의 마음이나 진리의 작용을 내 마음대로 하려는 어리석음이라고 할 수 있습니다. 미래에 대한 기대나 두려움 등은 바로 이 어리석음에서 비롯되는 것입니다. 이러한 기대나 두려움은 지금 이 순간의 진실을 왜곡되게 하고, 그 왜곡된 진실 속에서 우리는 우리 스스로 만들어 낸 실망이나 걱정들에 싸여서 살아가게 되는 것입니다. 기대를 줄여 보세요. 실망도 줄고, 두려움도 줄어드는 것을 느낄 수 있습니다. 어떻게 기대를 줄일 수 있을까요? 지금 이 순간에만 집중을 해 보는 겁니다. 자신의 생각 속으로 빠져들지 말고 말입니다.

다시 처음으로 돌아가 봅시다. 친구나 애인, 교수님이나 직장 상사에게 전화가 왔다면, 전화가 온 것만이, 그리고 내일 만나게 될 것이라는 사실만이 진실이고 실제입니다. 거기에 불필요한 상상을 덧붙여서 기대나 두려움을 만들어 내는 것은 자신의 어리석은 마음입니다. 그렇기 때문에 어떤 상황이든지, 무슨 일이든지 지금 이 순간에 집중을 해서 있는 그대로의 진실, 사실만 직시해 보세요. 실망이나 두려움이 줄어드는 것을 느낄 수 있을 것입니다. 미리 기대해서 실망하기보다는 뜻밖의 기쁨이 더 크지 않을까요? 미리 걱정하면서 고통에 직면하기보다는 한순간의 아픔이나 괴로움이라면 견딜 만하지 않겠어요?

✦ 깨달음 더하기

저 또한 저러한 경험 때문에 많이 힘들었어요. 너무 많은 기대와 너무 많은 두려움 때문에 힘들기도 했고 또 그 일이 일어난 후 너무 많은 기쁨과 실망감이 교차되어서 좋기도 하고 나쁘기도 했어요. 하지만 난 제 자신이 너무나 그것에 기대고 얽매여 사는 것 같아서 어떨 땐 싫기도 했어요. 이제 그게 잘못되고 불필요하다는 걸 알았으니까 제 자신이 한 번 제 삶에 깨어나 살아가도록 열심히 노력해 볼게요.

- 최성원

영혼의
다이어트

‘쉽게 살을 뺄 수 있는 방법이 있다’는 기사를 접하면 어떤 반응을 보이세요?

많은 분들이 한 번쯤 더 눈길을 주게 됩니다. 그만큼 현대는 너나 할 것 없이 몸에 붙은 체지방을 빼는 데 깊은 관심을 갖고 있습니다. 젊은 여성은 물론이고, 중장년층이나 소아와 청소년까지 ‘살과의 전쟁’을 치르고 있는 실정입니다. 사업에서도 ‘먹는 사업’ 못지않게 ‘안 먹고 빼는 사업, 다이어트 식품 시장’이 팽창하고 있다고 합니다. 이러한 일들은 주로 몸에 붙은 살을 빼는 방법에 관한 것들입니다. 저도 몸에 붙은 살에 대해서 엄격하게 관리를 하는 편입니다. 예전에는 마음먹은 대로 조절이 되었는데 사실 요즘은 꼭 그렇지만도 않아서 나이를 실감합니다. 그래서 요즘은 요가와 운동을 좀더 적극적으로 하면서 살을 다스리고 있습니다.

사실 제가 살을 관리하는 이유는 남들에게 잘 보이기 위해서나, 예쁜 몸매를 유지하기 위해서가 아니고 저의 다이어트관 때문입니다. 살이란 섭취한 것과 사용한 것의 불균형에서 발생됩니다. 적당한 살이란 꼭 필요한 것이고, 그것이 우리의 건강을 지켜 주는 데 중요한 역할을 합니다. 하지만 불필요한 군더더기가 붙기 시작한다는 것은 자기 조절에 실패하고 있음을 단적으로 드러내 주는 증거가 된다고 생각하기 때문입니다. 그리고 실제적으로도 비만은 고혈압, 당뇨병, 심장병, 중풍 등의 질환에 걸릴 위험이 크다는 것도 알려진 사실입니다.

고도원 선생님께서도 '군더더기 없는 몸은 자기를 잘 가꾸었다는 증거이자, 절제하고, 운동하고, 자기 관리를 잘했다는 표시'라고 표현을 하십니다. 물론 체질적인 영향이 있을 수도 있고, 살이 찌는 것이 병증인 경우도 있습니다. 그러니까 살이 찌신 분들 너무 충격받지는 마세요. 하지만 그 살들이 음식에 대한 욕심이나 자기 몸을 관리하지 않은 게으름에서 비롯된 것들이라면 심각하게 한번 고민을 해 볼 필요가 있습니다. 여기서의 비만이란 다른 사람과의 비교를 통한 살의 많고 적음이 아니라 자기 조절에 대한 관심과 노력의 차원에서 잴 수 있는 것입니다. 아무도 몰라도 자기는 알고 있습니다. 게을렀는지, 욕심을 부렸는지 말입니다.

몸뿐만이 아닙니다. 우리가 살찌는지 잘 살펴봐야 할 곳 중에 또 한 곳이 있습니다. 어디일까요? 바로 영혼입니다. 우리 영혼도 우리가 관리해 주지 않으면 어느새 불필요한 것들로 가득 차서 비만의 위험에 노출되고 맙니다. 영혼에는 어떤 살이 찔까요? 우리의 영혼도 생각하는 것과 해결된 것 사이에 불균형이 초래될 때 살이 찌기 시작합니다. 끊임없이 생각하기만 한다면, 또는 생각된 것이 해결되지 못하고 계속해서 미뤄지기만 한다면, 우리의 영혼은 점점 불필요한 생각들로 가득 차서 비만에 시달리게 될 것입니다. 생각만 너무 많이 하다 보면 사실, 실제, 진실에서부터 점점 멀어집니다. 그렇게 생각이나 허상 속으로 빠져들기 시작하면 몸에 군더더기의 살이 붙는 것처럼 생각의 살이 쪄서 뚱뚱해지게 되는 것입니다. 특히 자기중심적인 생각으로 가득 채우기 시작하면 걷잡을 수 없습니다.

 굳건한 현실적 토대 위에 현실과 이상, 가능한 것과 불가능한 것 등을 가려내서 포기할 것은 포기하고, 잊을 것은 잊는 등 집착하거나 연연해하는 등의 생각을 더 이상 만들어 내지 말아야 합니다. 욕심껏 먹지 않는 것처럼 생각도 너무 번다하게 지어 나가지 말아야 합니다. 또 한편으로는 이미 생각이 일어난 것을 알아차리지 못하거나 미루거나 하면 영혼이 살이 찌기 시작합니다.

 많이 먹는다고 반드시 살이 찌는 것은 아닙니다. 많이 먹더라도 열심히 활동하면 에너지로 전환되어서 살이 찌지 않습니다. 그와 마찬가지로 일어난 생각이 행위로써 해결되지 않으면 영혼에도 살이 찌고 맙니다. 상품 시장에서도 아이디어가 제품화되는 비율은 15%를 넘지 못한다고 합니다. 우리들의 얼마나 많은 생각이 실현되지 못하고 머릿속에서만 맴돌다 사라지는지 모릅니다. 깨끗하게 사라져 버리기만 해도 영혼이 살찌지는 않겠지만, 한번 일어난 생각이란 그만큼 필요하기 때문에 생겨난 것들이라 쉽사리 깨끗하게 사라지지 않는 특징이 있습니다.

 그러니까 아무리 사소한 생각이라도 행위로 연결시키는 힘, 실천력이 필요합니다. 이 실천을 통해서 해결시켜 버리면 만족감이라든지, 포기라든지, 생각 수정 등으로 전환됩니다. 하지만 실천하지 않고 생각만 번다하게 하기 시작하면 군더더기 살이 몸에 붙는 것처럼 우리 영혼에도 덕지덕지 살이 붙기 시작하는 것입니다.

몸에 불필요한 살이 찌면 보기도 좋지 않고, 불편하고, 위험해집니다. 그와 마찬가지로 영혼에도 살이 찌면 있는 그대로의 사실을 보기도 어렵고, 부자유하고, 위험해집니다. 우리가 몸의 다이어트에 성공한 사람들에게 보내는 찬사는 날씬하고 아름다운 몸매 때문이 아니라 스스로를 조절할 수 있는 그 노력과 실천력 때문입니다. 몸의 비만도 비만이지만, 영혼의 비만도 간과할 수 없는 숙제입니다. 몸의 다이어트에 기울이는 관심이나 노력만큼 영혼의 다이어트에 관심을 갖고 노력을 한다면 우리의 몸과 마음은 군더더기 없이 건강하고 자유로운 아름다움을 발할 수 있을 것입니다. 우리 오늘부터 영혼의 다이어트 시작해 볼까요?

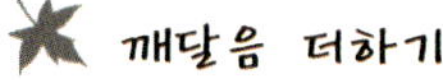

깨달음 더하기

참 좋은 글이었어요. 영혼의 다이어트. 나도 자꾸 살이 찌는 것 같아서 걱정이라오. 좀 굶어야 하지 않을까?

- 남궁신

내가 너를
아는 한

　근무지를 옮기게 되어서 1년 동안 사용하지 않던 메일 계정에 다시 접속하는 일이 있었습니다. 1년 전에 그만두었던 일터로 다시 돌아왔기 때문입니다. 그랬더니 거기에는 지난 1년 동안 한 번도 연락을 하지 않았던 사람들의 메일 주소가 그대로 남아 있었습니다. 이 이메일 주소들을 정리하면서 몇 가지 생각이 스쳤습니다. 어떤 기준으로 사람들을 알고 지내고 있고, 그 인간관계의 기본적인 방침이면 방침이랄까 대인관계의 태도에 대해 다시 생각해 보게 된 것입니다. 그러고는 한 가지 기준을 세우고, 이메일 주소들을 지우지 않고 갖고 있기로 했습니다.

　그 기준이 무엇이었을까요? 바로 '내가 너를 아는 한 더 많이 줄 거야.'라는 것입니다. 그 준다는 것은 심리적·경제적·활동적인 여러 측면에서 가능합니다. 나에게 이득이 있을 수 있기 때문에 친구 관계를 지속하는 것이 아니라, 내가 가진 것을 나누고, 너에게 도움이 되는 친구가 되어줄 수 있기 위해 친구관계를 지속하겠다는 것입니다. 하지만 이런 태도는 그리 쉬운 일만은 아닙니다. 누군가를 조금 더 배려한다는 것은 그만큼 내 방식의 삶의 포기를 의미

하는 것이기 때문입니다.

 가만히 친구관계를 맺는 태도를 생각해 보니까 나도 모르는 사이에 나에게 잘해 주는 사람, 앞으로 나를 위해 무언가를 해 줄 수 있는 사람을 우선적으로 고려하고 있지는 않는가 반성을 해 보게 되었습니다. 인정하기 싫지만 속마음을 가만히 들여다보면, 사회적으로 지위가 있거나 경제력이 있거나 언제든 희생적으로 나를 도와줄 수 있는 사람, 그러니까 서로 알고 지냄으로써 나에게 이득이 있을 것 같은 사람을 사귀고 싶어 하고 좋은 관계를 지속하고자 하는 경향이 있지 않나 싶은 것입니다.

 사실, 우리가 어릴 때 부모님들께서 '친구는 너보다 나은 사람을 골라 사귀어야 한다.'는 교육을 받은 것도 사실입니다. 어릴 때도 이런 부모님의 태도에 대해 의문을 제기한 적이 있었습니다. '그러면 공부도 못하고, 경제적으로 어렵고, 상대적으로 부족한 애들은 친구도 없어야 할까?'라고 말입니다. 그런 생각을 했던 나도, 지금 생각해 보면 알게 모르게 인간관계에 있어 이기적인 기준으로 살아온 면이 있는 것 같습니다.

 나만 그럴까요? 과연 그럴까요? 한번 생각해 보세요. 친구나 연인, 부모나 형제간에 섭섭한 일이 있었어요? 있었다면 왜 그랬을까요? 혹시 관심이나 사랑, 물질이나 경제적인 문제로 누가 더 많이, 더 먼저 주었느냐에 관한 것들 때문에 그 마음이 생긴 것은 아닐까요? 직장이나 학교에서 만나는 동료나 친구 사이에도 마찬가지입니다. 무엇이 되었든지 간에 내가 좀더 준다 싶으면, 말하자면 손해본다

싶으면 섭섭하고, 화가 나는 것 같습니다.

　그러니까 '내가 너를 아는 한 내가 더 줄게.'라고 작정하면 훨씬 인간관계로 인한 스트레스가 적을 것 같고, 또 지금까지는 누구나 더 받는 것을 좋아하기 때문에 자연히 그런 사람을 더 좋아하고 편안하게 느끼게 될 것입니다. 나중에는 서로 양보하려는 세상이 올지도 모릅니다. 인간관계의 제1지침을 '내가 너를 알고 있는 한, 내가 너를 더 많이 사랑할 거야. 더 많이 줄 거야.'라고 정해 놓고, 인간관계를 해 보세요. 스스로에게도 변화가 일어나고, 예상치 못한 무엇을 가슴에 담을 수 있답니다.

깨달음 더하기

나에게 잘 해주고, 나에게 관심을 보여 주고, 나에게 도움을 주고, 나의 말에 귀 기울여 주고, 나를 즐겁게 해 주고, 나를 사랑해 주는 인간관계를 유지하고 그러한 만남에 중요성의 의미를 부여했었지요. 태어나 성장하면서 자의·타의의 직·간접 학습에 의해 완성된 인간관계의 틀에서 이제는 좀 변해야겠습니다.

내가 먼저 잘해 주고, 내가 먼저 관심을 보여 주고, 내가 먼저 도움을 주고, 내가 먼저 그의 말에 귀 기울여 주고, 그를 즐겁게 해 주고, 그를 사랑해 주는 인간관계로 말입니다. 오늘 지금 이 순간에 그에게 안부의 메시지를 전달할 것입니다. "당신의 그 고운 목소리가 생각나서 소식을 묻는다!"라고.

- 로즈리

지 금 은
창 안 을
닦 을 시 간

대학로에 나갔더니, 여름이라 그런지 다양한 색깔과 디자인의 선글라스들이 다른 계절에 비해서 많이 나와 있었습니다.

이 기회에 하나 장만할까 싶어서 이것저것 껴 보면서 정말 색깔 따라 다르게 보이는 세상을 실감할 수 있었습니다. 초록색 안경을 쓰면 세상이 온통 초록색으로 보이고, 블루 계열을 쓰면 세상이 온통 푸르게 보입니다.

물론 모두 아는 사실이지만 직접 번갈아 가면서 껴 보니 정말 실감을 할 수 있었다는 겁니다. 안경 하나로도 세상이 이렇게 달라 보이는데, 우리들의 가치관에 따라 세상은 또 얼마나 달라 보일까 하는 생각에까지 미쳤습니다.

예전에 이런 일이 있었습니다. 영광을 다녀오는 길이었습니다. 조금 빨리 올 수 있을까 해서 모르는 길을 안내받아서 새로운 길로 오게 되었습니다. 길도 낯선데 시야가 뿌옇게 흐려서 여간 신경 쓰이는 것이 아니었습니다. 그래서 와이퍼를 움직여서 전면 차창을 닦아 보았습니다. 그런데도 흐린 것이 닦여지지 않았습니다. 이른 아침이라 안개 탓인가 보다 하고 이번에는 유리세정제를 뿌려가며 몇 번을 닦아 보아도 소용이 없었습니다. 에어컨을 틀어 봐도 소용이 없기는 마찬가지였습니다. 그래서 급기야는 모 정유회사에서 서비스로 넣어 준 세정제를 탓하기 시작했습니다. "공짜로 넣어 준 것이라 역시 품질이 떨어지는 거야. 아무리 공짜래도 그렇지 좀 좋은 것 넣어 주면 안 되나?" 이렇게 투덜거리면서 돌아가면 바로 유리세정제부터 교환하리라 마음먹고 불편함을 감수하면서 집에까지 오게 되었습니다.

집에 와서는 당장 급한 일도 아니고, 근무시간도 촉박하고, 게으른 탓에 차일피일 미루기 시작했습니다. 그러던 어느 날 아침에 출근을 했는데, 시간도 좀 있고, 차창들이 습기를 머금고 있어서 창을 닦으면 아주 잘 닦일 것 같았습니다. 휴지를 꺼내서 옆면 유리를 먼저 닦고 별 생각 없이 전면 유리를 닦았는데 글쎄 그 뿌옇던 시야가 비가 옴에도 불구하고 또렷해지는 것이 아닙니까?

'아하! 문제는 창 안이었구나. 안개 탓도 아니고 공짜로 넣어 준 워셔액의 문제도 아니었구나. 그동안 게을러서 창안을 닦아 주지 않은 것이 문제였구나.' 하는 것이었습니다. 창 안이 문제인 것을 창밖에서 문제를 찾으니 해결이 안 될 수밖에 없었습니다. 그 순간 많은 생각들을 하게 되었습니다. '내가 미처 알아차리지 못하는 가운데 이런 우를 많이도 범해 왔겠구나. 내 탓은 보지도 인정하지도 못하고 쉽사리 남 탓을 많이도 했겠구나. 정말 조심해야겠구나.' 하는 생각이 든 것입니다.

그러면서 몇 년이 지난 지금 또 선글라스를 껴 보면서 내 눈에 끼워져 있을 보이지 않는 색안경을 생각해 보게 됩니다. 나는 어떤 색안경을 끼고 세상을 바라보고 있을까? 여러분은 또 어떤 색안경을 끼고 세상을 바라보고 있습니까? 사람은 웬만한 안목을 갖고서는 자신의 한계를 읽어 내기가 어렵습니다. 내 경우에도 내가 하는 일이나 판단은 나름대로의 최선을 다해서 하는 것이기 때문에, 나의 최선이 될 수는 있지만 객관적인 최선은 될 수 없습니다. 그렇기 때문에 안과 밖으로 자신을 끊임없이 성찰하지 않으면 자신의 한계 속에 갇혀서 그 속에 갇힌 줄도 모르고 평생을 살아가게 될지도 모릅니다. 그뿐만이 아닙니다. 살아가면서 본인에게 닥치는 행복이나 불행의 이유도 모른 채 또 남 탓을 하면서 악순환을 반복할지도 모릅니다.

우리는 '나'라는, '남과 구분되는 유한한 실체'인, 몸을 갖고 있기 때문에 남과 나를 구분하고 거기에서 비롯되는 많은 욕심과 이기심이라는 색안경을 쓰게 되어 있습니다. 남의 떡이 커 보인다는 말과 같이 아무리 같은 크기라 할지라도 나에 대한 욕심 때문에 객관적으로 바라볼 수 없는 한계를 가지고 있습니다. 또한 우리는 얼굴 생김이 다른 것만큼이나 다른 가치관을 소유하고 있습니다. 중요하게 생각하는 것이 다르기 때문에 그 중요도에 따라 보고 판단하고 살아간다는 것입니다.

일체가 다 마음의 짓는 바라고 하였습니다. 관심이 없으면 있어도 보이지 않고, 보이지 않기 때문에 없는 것으로 인식되기 때문입니다. 어릴 때 어머니께서 방을 치우시며 "지나다니는 데 쓸데없는 것들이 있으면 좀 치우고 다녀라. 걸리지도 않니?"라는 말씀을 많이 하셨습니다. 제 눈에는 보이지 않는데 어머니 눈에는 치워야 할 것이 보이기 때문이었습니다.

 결국 우리는 어떠한 이유에서든지 있는 그대로의 현상이나 실체를 바라본다는 것은 거의 불가능에 가깝다는 사실을 인정할 수밖에 없습니다. 하지만 정도문제는 생각해 볼 수 있습니다. 만일 우리가 창 안을 닦는 노력을 계속할 수 있다면 있는 그대로의 진실에 조금씩 다가설 수 있는 것입니다. 하지만 우리는 살아가면서 앞에서 이야기한 내 차의 차창이 더럽혀져 있다는 사실을 망각한 채 바깥을 평가하고 탓하는 우를 범하기가 쉽습니다. 지금은 창 안을 닦을 시간입니다. 남을 탓할 시간이 아니라는 것입니다. 세상을 자기 마음대로 하려는 사람처럼 어리석은 사람은 없습니다. 다만 우리가 할 수 있는 일은 그 다른 사람들과 함께 조화를 이뤄 내는 일일 따름입니다.

 그리고 가치관의 차이에 따라 우리가 색안경을 쓸 수밖에 없는 현실이라면 '사랑이라는 이름의 색안경'을 생각해 봅니다. 어쩔 수 없이 내 자신의 가치기준이라는 잣대로 세상을 평가하고 바라볼 수밖에 없다면, 거기에 '사랑이라는 따뜻한 시선'으로 물을 들여 보면 어떨까 하는 것입니다. 조금 부족해 보이더라도 사랑으로, 조금 불만족스럽더라도 사랑으로, 조금 답답해 보이더라도 사랑으로 감싸게 된다면 있는 그대로의 실체나 현상을 볼 수는 없더라도 조화로운 삶을 살아가는 데는 크게 도움이 되지 않을까 하는 것입니다. 내 스스로의 오류를 직시하고, 나아가서 타인이나 세상에 대해 '사

랑이라는 따뜻한 시선'을 간직할 수 있다면 우리는 좀더 현명하고
덕스럽게 살아갈 수 있지 않을까요?

 깨달음 더하기

'사랑이라는 따뜻한 시선'으로 가끔은 삶의 힘겨움을 지켜 냅니다. 내가
지닌 것보다 다른 이의 기쁨이 더 커 보이는 지금의 현실 세계에서 내
오류를 지우는 현명한 길은, 내게 주어진 작은 행복에 감사하며 밝고
건강한 시선으로, 다른 이들의 삶 속에서 한 다발이 되어 미소 짓는,
더불어 사는 삶인 듯싶습니다. 내가 먼저 내 안의 창을 닦아 준다면,
다른 이들도 저를 보며 삶의 즐거운 동행이 되어 줄까요?

- 유민자

정말
가난한
사람

어떤 사람이 정말 가난한 사람일까요?

　자본주의사회가 발달하면서 가난이라 하면 돈이 없는 것만을 가난으로 생각하기가 일쑤입니다.

　돈이 많으면 좋은 집에, 좋은 차에, 좋은 문화생활을 맘껏 즐기고, 하고 싶은 일도 마음대로 하고, 남을 위해서도 좋은 일을 하기가 쉬운 것이 사실입니다. 그래서 요즘은 베스트셀러 책들도 돈을 벌고, 부자가 되는 방법에 대한 내용들이 많습니다.

　그런데 꼭 돈의 많고 적음만이 그 가난과 부자의 기준이 될까요? 원불교 교조이신 소태산 대종사님께서는 '가난이라 하는 것은 무엇이나 부족한 것을 이름이니, 얼굴이 부족하면 얼굴 가난이요, 학식이 부족하면 학식 가난이요, 재산이 부족하면 재산 가난인바'라고 가난을 새롭게 정의해 주셨습니다.

　이러한 정의에 입각해서 가난의 종류를 들어보면, 얼굴이 부족하면 얼굴 가난, 학식이 부족하면 학식 가난, 돈이 없으면 재산 가난, 성격이 좋지 못하면 성격 가난, 경험이 부족하면 경험 가난, 인정이 부족하면 인정 가난 등 가난의 종류는 수도 없습니다. 이처럼 가난한 사람이란 외모와, 지혜나 덕성 등의 내모, 재산 등 소유물 등에 있어서 무엇이든 부족한 사람이라고 할 수 있습니다.

그렇다면 그중에서도 어떤 사람이 정말 가난한 사람일까요? 객관적으로 볼 때는 그 다양한 것들이 절대적으로 부족한 사람이 가난한 사람일 것입니다. 외모도, 학식도, 돈도, 성격도, 경험도, 덕도, 지혜도, 인정도 절대적으로 부족한 사람 말입니다. 하지만 그렇게 철저하게 가난하기만 한 사람은 거의 없습니다. 대부분 어느 한 부분이 가난한 경우가 많습니다. 앞을 못 보는 사람들이 후각이나 청각이 발달한 것처럼 말입니다. 그렇기 때문에 정말 가난한 사람은 다른 각도에서 찾아봐야 할 것 같습니다. 아이러니하게도 '정말 가난한 사람은 마음이 부자인 사람'이 아닐까 하는 생각이 듭니다.

생각해 보세요. 마음이 부자인 사람은 마음에 들어 있는 것이 많은 사람입니다. 마음이 편견과 선입견, 나와 남의 구별, 좋고 나쁨의 구별, 사랑과 미움의 구별, 이롭고 해로움의 구별 등으로 가득 차 있습니다. 그러다 보니 언제나 나와 남을 비교하게 되고, 좋은 것은 더 가지고 싶고, 싫은 것은 피하려 하기 때문에 언제나 상대적 빈곤감으로 살아갈 수밖에 없습니다. 이러한 사람이 정말로 가난한 사람이 아닐까요?

예수님께서도 '마음이 가난한 자는 복이 있나니, 천국이 저희 것

임이요'라고 말씀하셨습니다. 마음이 가난하여 마음에 아무런 편견과 선입견 없이, 좋고 싫음, 나와 남의 구별 등이 없기 때문에 모든 사람과 하나가 될 수 있고, 모든 생명과 하나가 될 수 있고, 모든 지혜와 하나가 될 수 있고, 모든 재산과 하나가 될 수 있고, 모든 경험과 하나가 될 수 있기 때문일 것입니다.

그렇기 때문에 어떤 가난한 사람보다도 마음이 부자인 사람이 가난하고, 어떤 부자보다도 마음이 가난한 사람이 부자가 되는 것입니다. 중국의 장자는 '우리의 삶에는 끝이 있고, 아는 것에는 끝이 없습니다. 끝이 있는 것으로 끝이 없는 것을 추구하는 것은 위험할 뿐입니다.'라고 했는데, 채워서 부자가 되기보다는 비워서 부자가 되는 법을 시사하신 내용이라 생각됩니다.

우리도 누구든 가난은 싫어하고 부자를 좋아합니다. 그렇다면 어떻게 부자가 될 수 있을까요? 재산이나 학식이나 소유물을 갖춰가면서 부자가 되기도 하지만 마음을 가난하게 함으로써, 나와 남의 구별, 좋고 싫음의 구별, 선입견이나 편견, 집착 등으로부터 자유로워진다면 훨씬 더 부자가 될 수 있을 것입니다. 국한이 없고, 간격이 없고, 배제시키는 것이 없기 때문에 그 어떤 부자보다도 부자일 수 있기 때문입니다.

마음을 들여다보세요. 마음이 텅 비어 가난한 사람인지, 욕심이나 집착, 선입견이나 편견, 고정관념 등으로 가득 차 있는지를 말입니다. 그러한 것들이 가득 차면 가득 찰수록 제약이 많아지니까 정말 가난하고 옹색한 삶을 살아가게 됩니다. 버립시다. 그리고 모든 가

능성을 열어 두고, 모든 호기심을 발휘해서 있는 그대로의 현상과
실제와 교감하면서 살아봅시다. 세상 어느 누가 이보다 더 부자일
수 있겠습니까?

 깨달음 더하기

부자가 부정적인 면에서도 부자일수 있다는 생각은 잘 하지 않는데 글
을 읽고 보니 정말 그렇겠다는 생각이 드네요. 오만함이 부자이고, 미움
이 부자인 그런 마음일 때는 항상 불행하잖아요. 자기의 처지에 만족하
지 못하니까. 늘 현재 자기의 위치와 처지가 불만족한 사람은 지옥구경
을 가지 않아도 될 거예요. 불평과 불만이 가득 찬 자신의 마음이 지옥
일 것이고, 마음에 여유가 없고 잘못된 일이 있으면 남 탓, 세상 탓으
로 돌리느라 자신의 잘못을 돌아보지 못할 거니까요.

- 조향진

없는 것과
있는 것

있는 것과 없는 것이 무엇인가를 생각해 보았습니다. 우선 애인이 없습니다. 그래서 시간이 있고, 혼자 걸을 수 있는 자유가 있습니다. 하늘을 바라볼 여유가 있고, 내면의 소리에 귀 기울일 수 있는 고요함이 있습니다. 그러다 보니 언제든지 누구든지 제 맘속에 들어올 수 있는 마음의 빈자리가 있습니다. 때로는 조용한 오후, 눈부신 대낮에 찾아오는 외로움이 있습니다. 자만하지 않고 겸허한 자세로 세상을 바라보게 하는 외로움, 철없는 나를 성장시켜 주는 외로움이 있습니다.

꼭 이루어야 할, 결코 포기할 수 없는 인생의 목표가 따로 없습니다. 그래서 무한히 열려진 가능성이 있습니다. 어느 날 문득 인생이란 자신의 의지대로 살아가는 것이 아니라는 깨달음이 왔습니다. 하늘이 내게 준 길을 가고 있을 뿐이었고, 그 길은 아무도 모르는 거였습니다. 내가 할 수 있는 것은 그 가는 길의 과정 과정에서 순간순간에 인생이 가르치고자 하는 것을 알아갈 따름이었습니다. 그렇기 때문에 나는 뭐든지 될 수 있는 자유가 있고, 또한 무엇이든지 되지 않을 수 있는 자유가 있습니다.

아름다운 미모가 없습니다. 그래서 내면을 가꾸고자 하는 노력이 있습니다. 첫눈에 사람을 사로잡을 수 있는 미모가 없다 보니, 겪을수록 괜찮다는 내면의 향기를 가꾸는 노력이 있습니다.

기대가 없습니다. 그러기에 실망도 없습니다. 실망 대신에 호기심이 있고, 설렘이 있습니다. 사람에게나 미래에 대해 어떤 반응이 있을지, 어떤 일이 일어날지에 대해 미리 예측하고 기대하지 않기 때문에 사람이나 미래로부터 자유가 있습니다. '사랑하는 사람이 아프게 한다.'는 말이 있는데 그것은 기대가 결국은 서로에게 상처를 준다는 것입니다.

사람인 이상 이 모든 것들이 전혀 없다고는 할 수 없겠지만, 상대적으로 없는 편이라는 것입니다. 없는 편이기 때문에 있는 편인 것들이 많다는 얘기입니다. 이렇게 없음으로써 있는 것들을 생각하고 있었을 때, ≪논어≫에서 공자님이 없는 4가지를 읽어 볼 수 있는 기회가 있었습니다. "자子 절사絶四러시니 무의毋意, 무필毋必, 무고毋固, 무아毋我시러라." 공자님께서는 4가지를 끊으셨는데 사사로운 뜻과, 반드시 어떠해야 한다는 것, 꼭 그래야 한다는 것, 사사로운 욕심이나 자기중심적인 점이 없으셨다고 나와 있었습니다. 정말 감동적이었습니다. 그것은 어떤 불변의 생각이나 자신의 생각을 고집하지 않았다는 의미인데, 이 얼마나 자유스러운 성현의 심성인지 모릅니다.

또 한 예가 있습니다. 한 선사가 제자들에게 지팡이를 들어 보이며, '이 지팡이의 길이가 어떠하냐?' 하고 물었습니다. 그랬더니 어떤 제자는 '짧다'고 대답하고, 어떤 제자는 '길다'고 대답을 했습니다. 그 말을 들은 선사는 '긴 것이 필요한 사람에게는 이 지팡이가 짧게 느껴질 것이고, 짧은 것이 필요한 사람에게는 이 지팡이가 길어 보일 것이다.'라고 대답했습니다. 이것은 곧, 지팡이에 길고 짧은 것이 있는 것이 아니라, 그것을 바라보는 사람의 욕구에 따라 길어 보이기도 하고 짧아 보이기도 하는 것뿐이라는 점을 잘 드러내 주는 가르침입니다.

이와 같이 세상에는 어떠한 것도 고유한 가치를 가진 것은 하나도 없습니다. 이 세상 모든 것은 단지 존재할 뿐이고, 단지 일어났다 사라졌다, 모였다 흩어졌다 할 뿐입니다. 그런데 거기에 좋다 나쁘다, 길다 짧다, 예쁘다 밉다 등의 가치를 부여하여 좋은 것은 가지려 하고, 그렇지 않다고 생각되는 것은 피하려 하기 때문에 고통이 발생됩니다. 우리 주변을 둘러보세요. 그리고 느껴보세요. 없기 때문에 있는 것들이 얼마나 많은지를. 꼭 그래야 한다고 고집하지 않음으로써 얼마나 자유로운지를.

✦ 깨달음 더하기

아주 멋지네요. 생각이 너무 아름답고요. 제가 삶에서 느낀 것은 전에는 많이 벌어야 된다고 생각했는데, 역으로 조금만 벌어도 시간적으로 가족과 함께 보내는 시간이 많아서 행복합니다. 그리고 경제적으로도 더 많은 돈을 벌게 됩니다. 제가 좋아하는 일을 하면서 말입니다.

- 김기원

잡아야 할 것, 놓아야 할 것

　요즘 같은 계절에는 자연이 얼마나 큰 법문을 설해 주고 있는지 놀라울 따름입니다. 검푸른 융단을 깔아 놓은 듯한 초겨울 밤하늘을 배경으로 빛나는 영롱한 달빛은 어떤 일이 있어도 우리가 지닌 영성을 잃지 말라고 속삭이는 듯하고, 갖은 빛깔의 잎들을 떨어뜨리는 나무들은 끝내 집착할 것이 없다고, 빈손으로 왔다가 빈손으로 가는 마당에 진정 중요한 것이 무엇인가를 돌아보라고 재촉하는 듯합니다.

　가만히 생각해 봅니다. 머릿속에, 마음속에, 손 안에 움켜쥐고 있는 것은 무엇이며, 진정 놓아야 할 것이 무엇인지를. 일반적으로 움켜쥐고 있는 것의 핵심을 찾아본다면 '나에 대한 집착'이라는 세 마디로 요약할 수 있을 것입니다. 정신적으로는 나를 지탱해 준다고 믿는 어떤 것들, 나를 이루고 있는 어떤 가치들에 대한 집착입니다. 긍정적 표현을 빌리자면 자존감이라고 할 수 있겠고, 부정적 표현을 빌리자면 왜곡된 아집, 독선 등이라 할 수도 있을 것입니다. 그래서 내가 아니면 안 되고, 내 뜻대로 해야 한다는 의식을 머릿속에 그리고 마음속에 강하게 움켜쥐고 있는 것입니다.

또 육체적으로는 이 육체를 유지하게 하는 먹을 것, 입을 것, 거처할 곳에 대해 끊임없이 움켜쥐려 합니다. 좋은 것을 더 많이 먹고, 멋진 것을 더 잘 입고, 더 넓고 더 편안한 곳을 얻기 위해 명예와 돈을 움켜쥐려 움켜쥐려고만 하는 것입니다. 영원히 그렇게 움켜쥐고 붙잡고 살아갈 수만 있다면 그렇게 하는 것도 좋을 듯합니다. 하지만 바싹 마른 잎을 떨어뜨리고 이제는 앙상하게 가지를 드러내고 있는 나무들을 보면, 우리의 삶도 그렇게 예정된 죽음의 시간이 있다는 것을 쉽게 예측할 수 있습니다.

그렇다면 진정 중요한 것이 무엇일까요?

그것은 지금 움켜쥐고 지키느라 애쓸 것이 아니라, 놓아버림으로써 나눔의 미덕을 생활화하는 것입니다. 가끔 주위에는 '평생 소풍 가서 보물찾기에 한 번도 성공해 본 적이 없다고 말하는 사람'이 있는가 하면, 매번 '특별한 행운의 주인공'이 되는 사람도 있습니다. 무슨 차이일까요? 불특정 다수를 향해 나눔의 미덕을 실현한 사람과 그렇지 않은 사람의 차이가 아닐까 합니다.

요즘 종교계는 물론이고 사회에서도 많은 단체들이 이러한 나눔의 미덕을 실현하기 위해 조직적으로 움직이고 있습니다. 아름다운 재단의 '1% 나눔 운동' 같은 것도 정말 좋은 기획이라 생각됩니다. 사실 우리나라는 미국이나 기타 선진국 국민들에 비해서 자선의 문화가 덜 발달한 경향이 있습니다.

그동안 어려웠던 경제사정 때문에 그럴 여유가 없어서 그런 탓도 있었지만, 시대가 타인에 대한 배려와 나눔의 미덕이 살아나는 시대가 되었다는 이야기일 수도 있을 것입니다. 이 엄동설한에 나무들도 모든 것을 놓아 버리고 새로운 성장을 위해 뿌리를 튼튼히 하고 있습니다. 우리들도 물질뿐만 아니라 마음에서부터 타인에 대한 배려와 나눔의 미덕을 실현하는 계절로 가꾸어 보면 어떨까요?

방금 제게는 따뜻한 문자 메시지가 하나 도착했습니다. "작은누나! 큰누나한테는 잘 다녀왔어? 우리는 대청소했는데. 와서 보면 아마 깜짝 놀랄 거야. 날씨가 많이 춥네. 감기 조심해." 남동생으로부터의 핸드폰 문자 메시지입니다. 작은 배려가 추운 계절의 사람 마음을 훈훈하게 합니다.

우리도 가장 가까운 인연에 대한 배려와 나눔부터 실현해 보면 어떨까요?

❋ 깨달음 더하기

하얀 눈으로 내가 지닌 왜곡된 아집과 독선을 지워 준다면……. 다가올 첫눈이 기다려집니다. 순수한 눈을 닮고 싶습니다. 오늘 진정 '시리도록 깊다'는 표현을 빌리고 싶을 정도로 드높은 하늘을 한참 바라보았습니다. 비가 온 후라서 그런지 하늘의 푸름에 마음의 여유를 담을 수 있었기에, 말씀대로 내가 받은 작은 여유라도 조금씩 나누는 지혜를 실천해 보려 합니다.

- 유민자

고 독 한
시 간

우리의 몸이 성장하는 데는 무엇이 필요할까요?

아마도 적당한 음식과 적당한 운동 등이 필요할 것 같습니다. 그러기 위해서 우리는 얼마나 많은 것들을 투자합니까? 몸에 좋은 것, 맛있는 것 등을 골라 먹기 위해서 많은 생각을 하고, 찾아가고, 그것들을 구하기 위해서 돈을 버는 것은 아닌지 모르겠습니다. 심하게는 삶 자체를 '먹고살자고 하는 일'이라고까지 규정을 하기도 합니다.

그렇다면 우리의 영혼이 성장하기 위해서는 무엇이 필요할까요? 우리의 영혼은 충분한 사랑과 따뜻한 배려 등으로 성장을 하기도 합니다. 하지만 우리의 영혼을 살찌우고 빛나게 하는 것은 사랑하는 사람들과 함께 행복할 때보다는, 혼자서 고독한 시간이 아닐까 하는 생각이 듭니다. 사랑할 때보다는 사랑을 잃고 나서, 건강할 때보다는 아프고 나서, 대중과 함께 어울릴 때보다는 외로운 듯 혼자일 때, 우리의 영성은 더 섬세하게 살아 꿈틀대기 시작합니다.

하지만, 사람들은 고독이나 외로움을 두려워하는 경향이 있습니다.

그래서 일이나 사랑, 취미활동이나 스포츠 등에 집착하면서 잠시라도 혼자 있게 되면, 거기서 벗어나려고 문자 메시지를 보내고, 전화를 하고, 술을 마시고, 춤을 추러 가곤 합니다. 하지만 이 고독은 사람이 어떠한 것에도 방해받지 않고, 인생에서 중요한 것이 무엇인지에 대해 눈뜨게 하는 소중한 계기가 되어 줍니다. 그러기에 이 고독이야말로 돈을 주고도 살 수 없는 우리의 영혼을 살찌우는 양식인 셈입니다. 대부분의 위대한 예술작품과 대부분의 위대한 업적들이 바로 모두가 잠든 밤 자신만의 고독한 시간에 영감을 얻는다는 것은 우리도 다 아는 사실입니다. 그럼에도 불구하고 고독을 두려워합니다.

외로움과 고독에는 차이가 있는 것 같습니다. 외로움이란 함께하고 싶은 사람이 있는데 그와 함께하지 못해서 느끼는 안타까움 같은 것이라면, 고독이란 어디에도 기댈 곳이 없음을 아는 존재가 진정한 자신과 마주하는 마음의 상태가 아닐까 합니다. 그래서 이 고독은 애인이나 사랑하는 사람이 없어서 느끼게 되는 것이 아니라, 진정한 자신과 만나고자 하는 그리움과 같은 어떤 것이라고 하는 편이 어울릴 것 같습니다.

19세기 미국 초절주의(Transcendentalism) 사상가인 헨리 데이빗 소로우는 《월든》이라는 책에서 자신의 삶을 풍요롭게 하는 세 종류의 만남을 3개의 의자라는 비유를 들어서 설명하고 있습니다. "나는 3개의 의자가 있다. 하나는 고독을 위한 의자, 둘은 우정을 위한 의자, 셋은 사교를 위한 의자가 그것이다." 첫 번째의 고독을 위한 의자는 아마도 사색을 위해 의도적으로 마련한 자신만의 시간일 것입니다. 그리고 그 고독이 의미 있는 것은 우리로 하여금 진정한 사색에 빠져들게 할 수 있기 때문입니다. 그 사색을 통해서 우리는 진정한 자신에 더 가까이 갈 수 있고, 불필요한 생각들이 스스로 사라지게 함으로써 우리의 영혼이 튼튼하게 성장해 나갈 수 있습니다. 그렇게 되면 좋은 일이든 나쁜 일이든 우리에게 닥치는 어떤 일이라도 격류처럼 우리의 옆을 그냥 지나치게 됩니다. 우리가 인생의 어떤 질곡의 상황에서도 흔들림 없는 영혼의 힘을 갖게 되기 때문입니다.

눈부시도록 아름다운 계절일수록 마음이 허전해진다고 합니다. 계절의 여왕, 오월을 보내면서 고독을 두려워하지 말고 때로는 풀밭에 앉아서, 때로는 베란다에 내 놓은 의자에 앉아서, 때로는 운전석에 앉아서 진정한 나를 찾아가는 사색의 시간, 고독의 시간을 의도적으로 만들어 보면 어떨까요? 그러면 그 순간 모든 잡념과 불필요한 것들이 떨어져 나가고 무한한 창조성과 열정과 기쁨이 살아나는 것을 경험할 수 있을 것입니다. 지금 어디에서 무엇을 하고 있습니까? 잠깐만이라도 모든 일을 놓고 고독한 시간으로 침잠해 들어가 보면 어떨까요?

✦ 깨달음 더하기

늘 함께하고자 하는 마음으로 상처를 받기에, 혼자만의 시간을 가지는 여유를 부려 보았더니 처음엔 우울하여 혼자였지만, 차츰 혼자만의 시간을 가꾸게 되었습니다. 새벽시간의 고요함에 감사하고, 가까이 있는 강변을 끼고 어린 갈대와 들꽃, 잡풀 등을 보며 걷고 뛸 수 있는 자연정경에도 감사하게 되었습니다. 사색의 시간은 불필요한 사고를 지우고, 맑은 사고를 건네받으며, 덤으로 기쁨을 나누어 가지려는 미소까지 안겨 줍니다.

- 유민자

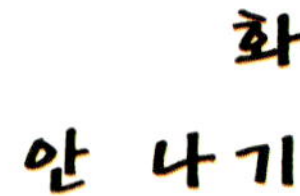

날씨가 점점 더워지고 있습니다. 요즘 같은 날씨에는 조금만 불편해도 짜증을 내기가 쉬워집니다. 상황이 이렇다 보니 이럴 때일수록 '화 안 내기'가 아니고, '화 안 나기'에 대해 생각을 해 봅니다. 살아 있기 때문에 우리는 희로애락의 감정을 느끼면서 살아갑니다. 그 네 가지 감정 중에서도 화를 내는 것은 나 자신뿐만 아니라 타인에게도 끼치는 악영향이 크기 때문에 어떤 감정보다도 잘 다스리는 노하우가 중요한 분야라는 생각을 해 봤습니다.

틱 낫한 스님의 ≪화≫라는 책이 베스트셀러가 되기도 했는데, 화는 안 내는 것이 중요한 것이 아니라, 원천적으로 화가 나지 않는 것이 훨씬 중요합니다. 화라는 것은 우리들이 화장실을 가야 할 상황이면 요의를 느끼거나 배가 아픈 것과 마찬가지로, 우리들 마음에 무슨 문제가 발생할 때 일어나는 자연스러운 반응이라고 할 수 있습니다. 그래서 문제가 발생하면 해결을 해야 하고, 가능하다면 문제가 되지 않도록 미연에 어떤 조치를 취해 주는 것이 필요합니다. 화도 마찬가지입니다. 이미 화가 나 버렸다면 화는 어떤 형태로든 해결되어야만 합니다.

그렇다면 어떻게 하면 화가 나지 않고 살아갈 수 있을까요? 지금 이 순간의 사실, 있는 그대로의 나와 모든 인연들에 깨어 있을 수 있고, 그대로 인정하고 이해할 수 있으면 가능한 일이 아닐까 싶습니다. 바보에게 바보라고 하면 화가 나지 않습니다. 진짜 바보가 아닌 사람에게 바보라고 해도 화가 나지 않습니다. 하지만 바보가 되고 싶지 않은 바보에게 바보라고 하면 화가 날 것입니다. 이처럼 우리가 있는 그대로의 나 자신을 바라보고 인정하며, 있는 그대로의 현상이나 상황을 이해할 수 있다면 화가 나지 않고도 살아갈 수 있을 것입니다.

친구나 연인이 약속 장소에 늦게 나타났을 때, 직원에게 지시한 일을 해 놓지 않았을 때, 아이가 집에 늦게 들어왔을 때, 여러분은 사실을 먼저 보는 편인가요? 아니면 자신의 감정에 끌리는 편인가요? 우리는 늦게 온 이유나, 일을 처리하지 못한 이유, 아이가 늦게 들어온 이유에 대해서 실제 사실을 먼저 파악하려 하기보다는, 성급하게 먼저 판단하고 화를 내는 경향이 있을 것입니다. 하지만 있는 그대로의 사실을 먼저 알게 되면, 많은 일들이 이해가 가게 되고, 자연히 화가 날 확률도 줄어들게 됩니다. 그렇기 때문에 화가 나지 않게 하려면 평상시의 생활 속에서 넓게는 있는 그대로의 세상 이치를 알아가는 데 주의를 기울이고, 자신을 똑바로 바라보는 노력이 필요합니다. 자신이 오히려 열등감이 있거나, 자기애가 너무 과하거나, 위선이나 가식이 많으면 그것들을 감추기 위해 더 많은 화를 내야 할지도 모르기 때문입니다. 그리고 실제 일이나 인연을 당해서는 있는 그대로의 사실을 볼 수 있도록 깨어 있는 노력을 해야 하는 것입니다. 깨어 있지 못하면 자신도 모르는 사이에 불필요한 상상, 불필요한 오해, 불필요한 착각 등으로 화가 나게 됩니다. 지금 이 순간에 실재하는 것이 무엇인가를 똑바로 보는 것이 무엇보다 중요합니다.

그리고 이미 마음에 일어나 버린 화는 잘 내야 합니다. 화라는 감정에 자신이 말려 들어갈 것이 아니라 주체적이고 자각적인 화를 내야 한다는 것입니다. 있는 그대로의 화를 왜곡됨이 없이 표현하는 것도 화가 나지 않는 것 못지않게 중요합니다. '화에 자신을 잃는 것'이 아니라 '정신을 차린 상태로 화라는 반응이 스스로 사라지도록 그것에 직면해서' 풀어내야 한다는 것입니다.

나에게는 4살짜리 조카가 있습니다. 이 순수한 4살짜리 조카는 어쩌다 자기 마음에 들지 않는 일이 있으면 고개를 떨어뜨리고 가만히 있습니다. 그러면 주위의 어른들은 조카가 화가 난 사실을 금방 눈치를 챌 수가 있습니다. 그래서 삐졌냐고 물어보면 그렇다고 대답을 하고 화가 난 이유를 알려 줍니다. 그러면 우리는 해결해 줄 수가 있고, 그렇게 하면 조카의 화는 흔적도 없이 사라져 버립니다.

어른들은 보통 화가 나면 두 가지 형태로 반응을 합니다. 첫째는 화가 이미 자신의 통제를 벗어나 몰아치는 폭풍우처럼 폭발해서 돌이킬 수 없는 실수를 하는 경우입니다. 둘째는 화가 나서 죽을 지경이면서도, 그래서 주위 사람들이 얼굴만 보고도 화가 난 사실을 다 알 수 있는데도 화가 난 사실을 부인하는 경우입니다.

화가 안 나면 몰라도 이미 일어나 버린 화는 잘 내는 것이 중요한 과제로 남습니다. 어떤 것이 화를 잘 내는 방법일까요? 이때에도 있는 그대로의 화나는 감정을 인정하고 정신 차리고 화를 내는 것이 중요합니다. 화가 난 사실과 그것을 해결할 수 있는 사실에 집중을 해서 문제를 해결하는 것입니다. 화장실에 가고 싶으면 화장실을 다녀오면 모든 문제가 해결되는 것처럼 말입니다. 화가 난 것을 회피하려 하거나, 다르게 왜곡시켜 버리거나 부인하려 하면 해결되지 않은 그 화는 먹구름처럼 우리 영혼을 둘러싸고, 점점 더 있는 그대로의 사실을 인식하지 못하게 방해하고 말 것입니다.

그래도 화는 안 나는 것이 최선이고, 이미 나버린 화는 잘 내는 것이 차선입니다. 화가 나지 않도록 미리 있는 그대로의 사실을 놓치지 않도록 주의를 할 필요가 있습니다. 그리고 이미 나버린 화는 왜곡시키거나 회피하지 말고 화가 난 사실 자체를 인정하고 화를 나게 했던 실제적인 문제가 무엇인지에 직면해서 세밀하게 해결해 나가는 노력이 필요합니다. 그렇게 세밀하게 화라는 감정을 조절해 나가다 보면, 근원적으로 화가 나지 않는 단계에 이르게 됩니다.

그렇게 해서 화나지 않는 사람의 마음에는 무엇이 담길까요. 그것은 바로 이해와 용서, 평화와 사랑입니다. 잘되지는 않겠지만 일상의 삶 속에서 화가 나지 않도록 살아가 보면 어떨까요? 평소에 미리 미리 있는 그대로의 진실에 눈뜨는 노력을 하고, 이미 나버린 화는 참거나 과장되거나 왜곡되지 않게 있는 그대로 표현하고 해소해서 찌꺼기를 남기지 않도록 한다면 화가 나지 않을 수 있습니다. 각자의 방법으로 화 안 나는 능력을 키워 볼까요?

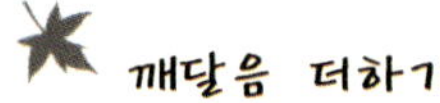 깨달음 더하기

화가 나는 것은 내 마음과 같이 되지 않았을 때 나오는 경우가 많은 것 같아요. 그 마음에는 나를 믿지 못하는 불신이 있기 때문이고, 잘 보이고 인정받고 싶은 마음이 강하게 자리하고 있으며, 그것(화)은 자신감 없는 내면의 소리를 표현하는 방법이란 것을 알게 되었답니다. 항상 깨어 있으면서 내면의 소리를 듣는다면……분별 주착으로 고정 짓는 마음은 사라질 것이며, 있는 그대로 보는 지혜가 나오지 않을까요…….

- 깨어나자

후 회 없 이 ,
두 려 움 없 이

며칠 전 한 선배님이 당신은 노년을 창조적으로 보내고 싶기 때문에 한 살이라도 젊을 때 도예 기술을 배워 놓을 계획이라는 말씀을 하셨습니다. 지금 이 순간을 살아가기도 바쁜데 노년은 무슨 노년이라며 대수롭지 않게 넘길 수도 있었지만, 웬일인지 정말 나는 노년을 어떻게 살고 싶은지 궁금해졌습니다. 그래서 생각을 해봤더니 의외로 없었으면 하는 것들의 목록이 쭉 떠올랐습니다. '후회 없이, 여한 없이, 거짓 없이, 두려움 없이' 라는 네 개의 목록이 그것입니다.

첫째, 여한 없이 살고 싶습니다. 어떤 삶을 살더라도 마음에 한이 남으면 흡족한 노년을 맞이하기 어려울 것입니다. 나중을 위해 지금을 희생한다든지, 용기가 부족해서 실행을 못 해 본다든지, 지금 더 중요한 것을 위해 자꾸만 미뤄둔다든지 하면, 후회가 남고 그것이 깊어지면 한으로 남을 수 있습니다. 사랑한다 말할 걸, 만사를 제쳐두고 여행을 해 볼 걸, 그 기회에 도전해 볼 걸, 더 열심히 공부할 걸, 부모님께 더 잘할 걸, 아이들에게 더 잘해 줄 걸 등으로 여러 가지 후회를 할 수 있습니다. 하지만 후회할 때는 이미 늦은 법입니다. 특히 부모님께는 아무리 잘해 드려도 돌아가시고 나면 부족했다는 마음뿐입니다. 만회할 수 없는 일로 잦은 후회를 갖고 살아가게 된다면, 어떤 많은 것을 갖게 된다고 한들 무슨 소용이 있겠습니까? 여자가 한을 품으면 한여름에도 서리가 내릴 정도라고 하지 않습니까? 자신이 용기가 부족해서 시도해 보지 못하고, 인정하지 못해서 멈출 줄 몰라 놓고, 남의 탓으로 돌리거나 문제의 핵심을 회피하면서 가슴에 후회나 한이 남는 일은 없었으면 좋겠습니다. 내가 선택하고 내가 책임진다는 정신의 자주성과 삶의 주체성을 가지고 후회 없이 여한 없이 살아갈 수 있는 노년을 만들고 싶습니다.

둘째, 거짓 없이 살고 싶습니다. 남에게 거짓 없음은 말할 것도 없고, 자신에게 거짓 없이 살아가고 싶습니다. 남들은 몰라도 자신은 알고 있습니다. 위선인지, 거짓인지, 무모함인지, 있는 그대로의 자신을 누구보다 잘 압니다. 그러나 때때로 알지만 인정하지 못하는 자신의 모습을 발견할 수 있습니다. 약하면 어떻고, 부족하면 어떻고, 어리석으면 어떻습니까? 그러한 자신을 알고 인정하면 거기서 벗어나는 길이 있지만, 인정하지 않고 시인하지 않고 그렇지 않은 척 살아가려면 스스로에게도 삶이 고통스럽고 바라보는 주위 사람도 안타깝게 만듭니다. 누구에게보다도 스스로에게 거짓 없이, 어떠한 유혹에도 거짓 없는 일관된 삶을 살아가고 싶습니다.

셋째, 두려움 없이 살고 싶습니다. 위험에 노출되어 느끼는 두려움은 당연하고 건강한 반응이라고 할 수 있습니다. 신체적 위협을 가하며 다가오는 적을 보고 두려워하지 않는 사람은 없을 것입니다.

그리고 그러한 위험에 처해서 두려움을 느끼지 못한다면 자신의 생존 자체를 보호하지 못하게 됩니다. 그렇기 때문에 위험에 처해서 두려움을 느끼는 것은 당연한 일입니다. 하지만 우리는 나를 너무 소중하게 생각하기 때문에 빚어지는 불필요한 두려움에도 많이 노출되어 있습니다. 누구나 일생 중에 한 번은 겪어야 하는 죽음에 대한 두려움을 비롯하여 상실에 대한 두려움, 거절에 대한 두려움, 손상에 대한 두려움 등 지금 당장 닥치지 않은 문제들에 대한 두려움으로 겁을 먹으며 살아가는 면이 있습니다.

말하자면 변화에 대한 두려움입니다. 변화에 대한 기대도 있지만, 좋은 것이 나빠지는 데 대한 두려움, 가진 것을 잃는 데 대한 두려움 등 변화에 따른 두려움 역시 안고 살아갑니다. 하지만 변화를 단지 흐름으로 받아들이게 된다면, 그리고 그때 그 순간순간에 집중하고 깨어 있게 된다면 이러한 두려움들로 고통받을 이유는 없습니다. 그럼에도 불구하고 자꾸만 내 짧은 소견으로 무언가를 규정해놓고 변화를 두려워하는 우리들이 많은 것도 사실입니다. 그래서 노년이 되면 그 순간순간에 깨어 있음으로써 두려움 없이 살아가고 싶습니다.

나이가 들고 늙어서 후회 없고, 여한 없고, 거짓 없고, 두려움 없이 살아갈 수 있다면 정말 멋진 삶이 아닐까요? 하지만 중요한 것은 그렇게 살아갔으면 좋겠다고 생각하고, 거기서 끝나면 작은 깨달음이 아닙니다. 이렇게 후회 없이, 여한 없이, 거짓 없이, 두려움 없이 노년기를 보낼 수 있으려면 바로 지금 이 순간 할 수 있는 최선을 다해 살아야 한다는 사실이 중요합니다. 이 사실을 직시해야 하는 것입니다. 자신과 세상을 이해하는 데 게으르고, 생각한 것을 실행하는데 에너지를 아끼고, 지금 해야 할 것을 미루면서 살아간다면, 아무리 나이를 먹어 간다고 해도 과연 후회 없는, 여한 없는, 거짓 없는, 두려움 없는 삶이 가능할 것인가 하는 것입니다.

중요한 것은 지금 여기에 있습니다. 지금 죽는다 하더라도 후회 없이, 여한 없이, 거짓 없이, 두려움 없이 살아갈 수 있도록 '내가 할 수 있는 최선'을 다해서 지금 이 순간을 살아가자는 것입니다. 남과 비교한 최선이 아니라, 자신이 '현실적으로 실현할 수 있는 최선'을 다하는 것입니다. 우리의 안목이 열리는 만큼, 바른 이치에 대한 깨달음이 깊어진 만큼, 내 능력이 닿는 만큼 가능한 최선을 다해서 살아가는 일, 그것만이 후회 없고, 거짓 없고, 두려움 없는 내일을 만들 수 있습니다. 그러는 가운데 얻게 되는 그것이 어떤 것이라도 소중하고 가치 있지 않겠습니까?

 깨달음 더하기

'남과 비교한 최선이 아닌 자신이 현실적으로 실현시킬 수 있는 내 능력이 닿는 만큼 최선을 위해' 지금 이 순간부터 전진입니다. 청개구리선방을 알게 되어 너무 좋은 글귀를 대하면서, 가슴에 와 닿는 마음으로 느껴지는 고마움이 가득해집니다.

- 유민자

**포 기 의
기 술**

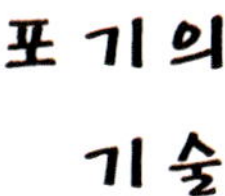

《사랑의 기술》이라는 책이 있습니다. 시작할 때의 사랑을 평생 지속하는 사람이 얼마나 될까요? 처음에는 하늘의 별이라도 따다 줄 것 같은 사람이, 시간이 흐름에 따라 너무 익숙해지고 함께 해결해야 할 문제가 많아짐에 따라 사랑이 희석되고, 때로는 사랑을 잃게 되는 경우도 있게 됩니다. 그냥 사랑하는 마음이 나면 사랑만 하면 될 것 같지만, 그렇게 간단한 문제가 아니라는 것입니다. 사랑을 잘하기 위해서 또는 정신을 차리고 제대로 된 사랑을 하기 위해서는 기술이 필요합니다.

폐기학습이라는 말이 있습니다. 그것은 새로운 학습을 위해서 그동안 쌓아 온 지식 중에서 필요 없는 것을 버리는 것을 말합니다. 이 폐기해야 할 학습에는 고정관념과 자만심, 여태까지 해 온 방식이나 행동을 계속해서 유지하려고 하는 고집 등을 버리는 일이 포함됩니다. 이 말은 변화가 빠른 환경에서는 학습을 위해 새롭게 배우는 것도 중요하지만, 지금까지 알아 온 것을 과감하게 버리는 것도 매우 중요하다는 의미에서 지식경영학 분야에서 새롭게 생겨난 개념입니다. 학습이나 사랑뿐만이 아닙니다. 포기에도 기술이 필요

합니다. 그리고 이 포기의 기술을 얼마나 터득하느냐에 따라 행복
에 더 가까이 다가갈 수 있습니다.

몇 년 전부터 소유하고 있는 물건들을 정리하는 일에 재미를 붙
이고 있었습니다. 그런데 지난 주말에 방을 정리하다 보니 또다시
불필요한 것들이 또 그렇게 모여 있었는지 정말 놀라웠습니다. 몇
년 전에 숙소를 정리하면서 17년째 사용하고 있는 가방더미를 보
면서 많은 생각을 했습니다. 대학 기숙사에 입사하면서 들고 온 짐
가방 5, 6개, 해외여행 하면서 잘못 산 큰 가방, 선물받고 얻고 해
서 생긴 가방들로 해서 족히 10개도 넘는 가방들이 넓은 공간을
차지하고 있음을 발견했습니다. 그것들은 찢어지고 테이프가 붙여
진 가방들이어서 어쩌면 오래전에 쓰레기로 버려져야 했던 것들이
대부분이었습니다.

그런데도 버리지 못하고 이사를 할 때마다 끌고 다닌 이유는 이삿
짐을 싸기에 요긴하기 때문이었습니다. 박스를 구할 필요도 없고,
손잡이가 있기 때문에 짐을 옮기기가 편리했기 때문입니다. 일 년
365일 중에 이사하는 날 그 단 하루를 위해 364일 동안 넓은 자리
를 차지하며 저의 생활공간을 좀먹고 있었다는 것입니다. 그래서 그
날 당장 폐기처분에 들어갔습니다. 성한 것은 필요한 사람에게 나눠
주고, 필요한 것 한둘만 남기고, 찢어지고 고장 난 것은 버렸습니다.
그러면서 저의 물건관리 원칙을 하나 마련했습니다. 어쩌다 한 번의
사용을 위해 긴긴 날들을 짐 속에 둘러싸여 지내지는 않겠다는 것
입니다. 막상 가지고 있는 물건을 처분하려면 언젠가 꼭 쓰일 것 같
은 생각에 선뜻 처리하기가 망설여지는 것도 사실입니다.

여기에서 포기의 기술이 필요해집니다. 포기의 기술은 단순합니다. '발상의 전환을 통한 효율적인 소유'가 주된 기술이 됩니다. 어떤 물건이 없으면 불편해서 못 살 것 같아도 다 살아지게 되어 있습니다. 방법을 바꾸거나, 불편을 감수하면 가능하기 때문입니다.

주위를 둘러보세요. 옷장을 열고, 신발장을 열고, 사물함을 열어보세요. 언제 입을지도 모르는 옷, 언제 신을지도 모르는 신발, 언제 볼지도 모르는 책, 언제 사용할지도 모르는 수많은 수용품들로 가득 차 있는 것은 아닙니까? 버리고 금방 필요해서 새로 구입해야 한다면 그것은 현명한 처분이 아닙니다. 필요하고 불필요한 것을 선별할 줄 아는 지혜와 가장 효율적인 것을 소유할 줄 아는 기술, 욕심을 자제할 수 있는 마음의 힘이 필요합니다.

물질뿐만이 아닙니다. 정신적인 것에도 포기의 기술이 필요합니다. 이루지 못할 꿈이나, 버리지 못한 미련, 과도한 욕심 등은 우리의 영혼을 영적 쓰레기 속에 갇히게 합니다.

우리들 마음 구석구석에, 영혼 구석구석에 어떤 불필요한 것들이 쌓여 가는지 살피고 덜어내기 위해 포기의 기술에 관심을 갖고 그 기술을 터득해 나갈 필요가 있습니다. 세월이 지나면 느는 것은 짐밖에 없다는 말들을 하곤 합니다. 불필요한 물질이 내 삶을 쓰레기장으로 만들어 버리기 전에, 불필요한 생각들이 내 영혼을 영적 쓰레기장으로 만들어 버리기 전에 포기하는 기술, 버릴 줄 아는 지혜를 얻어 나가면 어떨까요? 이 작업은 일회적인 일이 아닙니다. 물질이든 생각이든 일정 기간이 지나고 보면 계속해서 늘어갑니다.

채우는 노력 못지않게 포기하는 기술이 절실한 때입니다. 효율적이고 진리적이며, 합리적이고 사실적인 기준에 맞추어서 지혜롭게 선별하고, 과감하게 포기하는 삶은 우리를 좀더 가볍고, 쾌적하고, 여유 있고, 자유로운 삶으로 이끌어 갈 것입니다. 믿어지지 않는 사람은 지금 당장 집 안에 묵은 짐들을 과감히 포기하고 버려 보십시오. 뭔가를 실감나게 느끼실 수 있을 것입니다.

비오는 다뉴브강 · 김준영

✤ 깨달음 더하기

사실은 모르시지요? 집 안의 묵은 짐을 과감히 버리고 싶어도 다른 이로 인하여 차단을 당할 수도 있다는 사실. 저희는 한집에 3대가 살지요. 먼저 살아오신 어른들의 사고에 의하여, 물건을 버리고 낭비하는 우리 세대에게 눈치를 주시며 다시 생명을 불어넣는 물건으로 사용하라고 주워 오세요. 그분의 삶의 경험으로 묻어난 낭비로 비추어지는 것들, 불필요한 것들을 선별할 줄 모르는 지혜 탓이겠지요?

- 유민자

지 금
이 대 로 의
행 복

낮에 대학로에 나갔다가 오랜만에 선배님을 한 분 만났는데, 그냥 지나치는 말로 '요즘 어떻게 지내?' 라고 물으셨습니다. 나는 '도가 익어 가는 것인지 행복하네요' 라고 대답을 했습니다. 본심이었을까요? 명백히 본심이었습니다.

며칠 전 아침을 먹고 걸어오다가 순간적으로 '지금 이 순간에 깨어 있는 것이 어떤 것인지'를 너무 분명하게 느낄 수 있었기 때문입니다. 저도 모르게 '맞아!'라고 소리를 치며, 마음속으로 행복감이 밀려오는 것을 느꼈습니다. '바로 이것이구나. 이렇게 깨어 있는 것이구나. 일상에 매몰되지도 않고, 과거에 대해 묶여 있지도 않고, 미래에 대해 어떤 두려움도 갖지 않는 것, 바로 이것이 지금 이 순간에 깨어 있는 것이구나.' 하는 확신이 들었습니다. 그리고 그 확신은 바로 행복감으로 가슴을 가득 채웠습니다.

지금, 여러분은 행복하십니까? 행복하지 않다면 무엇 때문에 행복하지 못합니까? 인간관계나 금전적인 문제, 정신적인 문제 등의 어떤 심각한 문제에 직면해 있는 경우도 있겠고, 신체적으로 아프거나 다친 상황도 있겠고, 어떤 문제든 바로 지금 이 순간 고통이 있는 사람도 있을 수 있습니다. 하지만 바로 지금 이 순간 대부분의 우리는 적어도 그런 문제 속에 있는 상태도 아니고, 신체적으로 불편한 상태에 처해 있지 않습니다. 그러니까 행복한 상태에 있는 것입니다.

'뭐, 별것도 아니네' 라고 생각할 수도 있지만, 이 사소한 깨달음 하나가 어제 아침 눈뜨는 순간부터 잠드는 순간까지 나를 행복하게 만들었고, 오늘도 아침부터 지금까지 행복하게 만들고 있습니다. 말은 쉽지만 그 순간순간에 온통 깨어 있는 일이 쉬운 일은 아니기 때문입니다. 일상성에 매몰된 채로, 습관에 끌려서 살아가다 보면 있는 그대로의 행복을 느끼지도 못할뿐더러, 어려운 문제에 부딪혔을 때는 그 문제의 실제 상황보다도 훨씬 더 고통스럽게 받아들일 수 있습니다.

우리들 대부분은 욕심과 편견, 고정관념과 선입견, 집착 등으로 가려서 지나가 버린 과거의 일에 대해서도 후회나 원망 등으로 고통받기 쉽습니다. 뿐만 아니라 오지도 않은 미래의 일에 대한 두려움으로 바로 지금 이대로의 현실을 왜곡시키고, 그 왜곡으로 비롯된 환상이나 허상 등으로 고통받고 있습니다. 살다 보면 고통스런 상황에 직면할 수 있습니다. 하지만 그런 경우라 하더라도 바로 그 순간에 오롯이 깨어 있을 때, 그 상황으로부터 벗어날 수 있는 가장 효율적인 대처를 할 수 있습니다. 마치 비가 오면 우산을 펴서 비를 피하는 것처럼 말입니다.

　선과　심리치료를　결합시켜　게슈탈트　심리치료를　창시한　프리츠 펄스는 사람들의 정신건강의 상태를 세 가지 비유를 통해 설명하고 있습니다. "정신병 환자는 '나는 아브라함 링컨이다.'고 말한다. 신경증적 사람은 '나는 아브라함 링컨처럼 되고 싶다.'고 말한다. 건강한 사람은 '나는 있는 그대로의 나이다.'라고 말한다." 있는 그대로의 자신에게 온통 깨어 있을 수 있고, 있는 그대로의 현실에 온통 깨어 있을 수 있는 사람이 건강한 사람이고, 그런 사람은 매 순간을 행복을 느끼며 살아갈 수 있다는 사실을 일깨워 주는 이야기입니다.

　과거나 미래의 일, 일상의 타성에 매몰되지 않는, 펄떡 펄떡 살아 숨쉬는 지금 이 순간, 있는 그대로의 존재의 실상과 현상에 집중해 보십시오. 세상에 어떤 변화가 일어납니까?

✦ 깨달음 더하기

맞습니다. 남들이 생각하기엔 '별것도 아니네' 할 수도 있는 사소한 것이 깨어 있을 때 느낄 수 있는 행복감이더라구요. 길을 걸으면서 하늘을 한 번 올려다볼 수 있는 여유가 살아 있기 때문에 맛보는 행복이 아닐까요. 이 아침, 교무님의 글을 보면서 무척 행복합니다. 고맙습니다.

- 깨어나자

**당신의
능력을
보여 주세요**

 지난 1일부터 7일까지 외국인을 대상으로 하는 국제선방 훈련을 진행했었습니다. 한여름에 일주일이라는 긴 훈련을 마치고 돌아오니 주위에서 '애썼지?'라는 격려와 위로를 아끼지 않았습니다.

 나는 '아뇨, 하나도 힘들지 않았어요. 어떤 멋진 여행을 다녀온 것도 이보다는 못할 거예요.' 라는 말로 답을 대신했었습니다.

 그런데 시간이 지나면서 그 훈련이 성공적이었던 분명한 이유를 알 수 있었습니다. 그것은 바로 거기에 참석한 모든 사람들이 기쁘고 흡족한 마음으로 선 수행의 필요성이나 실제 수행에 대해 동기 부여가 확실히 되었다는 것입니다. 개인적으로도 지금까지 받아 본 어떤 훈련이나 모임에서 이렇게 특별하고 행복 가득한 경험은 해 본 적이 없었습니다. 왜 그렇게 흡족하고 충만한 기쁨을 갖고 훈련을 날 수 있었고, 앞으로의 다짐과 의욕으로 가득 차서 일상으로 돌아갈 수 있었을까 곰곰이 생각해 보면서 훈련 프로그램 저변에 깔려 있었던 중요한 정신 하나를 발견했습니다.

그것은 바로 '당신의 능력을 보여 주세요'라는 것입니다. 진행자로 참석한 후배들에게 훈련 전체적인 흐름과 핵심사항을 설명하고 요청한 것은 오직 하나, 바로 '당신의 능력을 보여 주세요'라는 것, 그것이 전부였습니다.

그리고 시간이 흐르면서 후배들이 예상 밖의 능력과 사랑과 현명함으로 프로그램 하나하나를 이끌어 나가는 것을 발견할 수 있었습니다. 그것은 또한 참석한 선객들에게도 그대로 이어졌습니다. 한 명의 낙오자도 없이, 한 명의 소외자도 없이 모두 자신이 할 수 있는 최선의 모습으로 요가를 하고, 좌선을 하고, 노래를 하고, 일기를 쓰고, 의견교환을 하고, 강연을 했습니다. 참석한 모든 구성원들이 각기 최고의 능력을 보여 준 셈입니다. 그리고 구성원들은 서로의 도움으로 자신이 최고의 능력을 드러낼 수 있었음을 분명히 인식하고 있었습니다. 그것이 서로를 너무 행복하게 했고, 충만하게 했고, 기쁘게 만들었습니다. 이렇게 최선을 다하고, 최선의 능력을 발휘하는 일은 하는 사람이나 보는 사람이나 모두에게 기쁨이되었습니다.

훈련뿐만이 아닙니다. 자녀나 제자, 동료나 선후배가 함께 만나고 일하게 되는 일상에서는 더욱 중요한 일입니다. 그러면 어떻게 하면 '최대한의 능력을 보여 줄 수 있는 여건'을 만들어 줄 수 있을까요? 우리는 종종 내가 너무 잘나고, 내가 너무 잘하고, 내가 너무 잘 알기 때문에 타인의 창조성을 메마르게 하는 경향이 있습니다. 완전히 믿어 주고, 기다려 주고, 지켜봐 준다면 우리는 우리 내부에 잠재한 모든 능력을 최대한 발휘할 수 있는 가능성의 존재라는 생각을 해

봤습니다. 너무 많은 제약이나, 너무 많은 조바심, 너무 많은 책임 추궁 등은 우리의 창조성을 병들게 하고 메마르게 합니다.

들은 이야기입니다. 어떤 초등학교 3학년 학부형이 요즘 아이들의 조숙함을 말하면서 자신의 아들 이야기를 했습니다. 아들에게 '야! 너 커서 뭐가 되고 싶니?'라고 물었더니, 아들 하는 말이 '아빠, 내가 다 알아서 할게.' 라고 대답을 하더라는 것입니다. 아무리 어려도 다 생각이 있습니다. 우리는 자칫 어리다는 이유로 그 생각마저도 대신 해 주려 하거나 고쳐 주려 하거나, 부모의 생각을 강요하기가 쉽습니다. 그 아이에게는 그 아이에게 고유하게 주어진 길이 있을 것입니다. 아이는 이미 그것을 인식할 만큼 성장했는데 부모는 아직 그 아이의 성장을 알아보지 못했던 것입니다.

마찬가지입니다. 우리가 누구를 만나고, 누구와 함께 일을 할 때에도 자신의 안목의 한계에 국한되어 제한하고 지시하고 순종만을 강요한다면 그 어느 누구의 창조성이나 최대한의 능력이 발휘되기는 어려울 것 같습니다. 그리고 또 하나는 창조성을 발휘하다가 발생되는 문제에 대한 태도입니다. 어떤 실험에도 위험은 있습니다. 실패할 가능성이 있는 법입니다. 그럴 때 책임 추궁에 초점을 맞추게 되면 어느 누구도 다시는 실험해 보려 하지 않을 것입니다. 문제가 발생하면 지난 일에 대한 책임 추궁보다는 앞으로의 대안을 위해 머리를 함께 맞춰 줘야 할 것입니다.

또 한 가지는 스스로의 삶의 주인이 되어 살아갈 수 있도록 다 베풀어 주지 않는 은혜입니다. 못한다고 기회를 주지 않는다거나,

너무 사랑해서 대신해 주는 경우는 지양해야 합니다. 예전에 영어 만화에 실린 내용입니다. 아이가 6살이 되도록 말을 못해서 부모는 애가 탔습니다. 그래서 병원을 찾아갔으나 원인을 알 수 없고, 밤낮없이 걱정을 해도 아무런 대책을 발견할 수가 없었습니다. 그래서 부모는 더더욱 가슴을 졸이며 걱정하고 있던 어느 날이었습니다. 그런데 아이가 갑자기 말을 한 것입니다. "엄마, 토스트 타." 완벽한 문장으로 아이는 아무 문제없이 토스트가 타고 있는 사실을 정확하게 말로 표현한 것입니다. 그래서 부모는 깜짝 놀라서 물었습니다. '네가 지금 말을 한 거야? 너, 그렇게 말을 할 줄 알면서 왜 지금까지 한마디도 하지 않은 거야?' 라고 말입니다. 그랬더니 그 아이는 이렇게 대답을 합니다. "제가 말을 안 한 것은 말을 할 일이 없었기 때문이었어요. 엄마가 불편 없이 모든 것을 해 주니까 나는 지금까지 말을 할 필요가 없었던 거죠."

살면서 다 베풀어 주지 않은 은혜를 발견하게 됩니다. 다 베풀어 주지 않음으로써, 너무 사랑해 주지 않음으로써, 쉽게 손 벌릴 때 도와주지 않음으로써 우리 내부의 잠재능력이 깨어나도록 도와준 인연들을 생각해 보게 됩니다. 우리는 우리가 능하면 해 주고 말아 버리는 경향이 있습니다. 가르치자니 오래 걸리고, 시키자니 못 미덥고 하기 때문에 그렇게 해 버립니다. 그렇게 자꾸 하다 보면 주위의 사람들이 최선의 능력을 발휘할 기회를 잃어버리게 됩니다. 좀 부족해도 기다려 주고, 갑갑해도 책망하지 않고, 문제가 발생하면 민첩하게 함께 해결하도록 힘을 실어 주고 하면 누구나 최선의 능력을 발휘할 수 있으리라 생각됩니다.

최선의 능력을 발휘하면 기쁨이 따라옵니다. 누가 칭찬해 주지 않아도 스스로 느낄 수 있는 행복감이 따라옵니다. 이번 훈련을 진행하고 참여하면서 아무런 제약 없는 '당신의 능력을 보여 주세요'라는 요청의 위력을 실감하였습니다. 거기에 깔린 중요한 정신은 바로 신뢰라는 것은 말할 것도 없습니다. 믿는 만큼 이루어지는 원리를 또 한 번 느끼게 된 것입니다.

나이의 어리고 늙고를 막론하고, 지위의 높고 낮음을 막론하고 만나는 모든 인연들에게 '당신의 능력을 보여 주세요'라는 문구 하나로 기다리고, 믿어 주고, 빠진 부분은 보충해 주는 사람으로 살아가고 싶습니다. 여러분은 어떠세요? 주위에 어떤 사람과 함께 하고 싶으세요?

 깨달음 더하기

우아하! 타인의 창조성을 능력보다 뒤에 두고서 늘 조바심합니다. 기다림의 습관을 들여야 할까 봐요.   - 이경하
믿음은 '내용 없는 아름다움처럼' 그 자체만으로도 빛을 내는 것…….
                                                        - 신선웅

열심히
살지 말기

요즘 정말 바쁩니다. 하지만 주어진 모든 상황들이 꼭 그래야만 하기 때문에 일어나고, 내 일이기 때문에 해야 한다고 확실하게 믿고서 한 단계 한 단계 또박또박 처리를 하고 있습니다. 그러기에 실제 하는 일의 양이나 챙겨야 하는 종류에 비해서 마음만은 한가하게 살아갈 수 있는 것 같습니다. 그래서 오늘은 '열심히 살지 말기'를 제안하고자 합니다.

지금까지 아름다운 노년을 위해서나 성장을 위한 삶을 위해서는 지금 이 순간에 최선을 다해서 살아가는 방법밖에 없다는 사실을 누누이 강조해 왔습니다. 그런데 오늘은 또 갑자기 열심히 살지 말자고 하니 어리둥절할지도 모릅니다. 그래서 오늘은 최선을 다하는 것과 열심히만 사는 것과의 차이점에 대해 말씀드리고자 합니다.

옛날이야기 하나를 소개하겠습니다. 나무 아래에서 토끼 한 마리가 낮잠을 자다가 뭔가 쿵 하는 소리와 함께 땅이 흔들리는 것을 느꼈습니다. 지진이라고 느낀 토끼는 그야말로 놀란 토끼처럼 그 자리를 피해 달아나려고 정신없이 달렸습니다. 한참을 달리고 있자니 그 모습을 지켜본 지나가던 동물들은 영문도 모른 채 토끼를 따라 황급하게 달렸습니다. 한참을 가다 보니 사자 한 마리가 나타나서 길을 막고 물었습니다. '너희들 어니 가니? 그렇게 계속 달리면 모두 절벽에 떨어져 죽고 말거야.' 라고 하는 것이었습니다. 그 말을 들은 동물들은 자신들이 어디로, 왜 가고 있는지 아무도 대답을 할 수 없었습니다. 오직 토끼만이 지진 때문에 도망가야 한다는 말을 할 수 있었습니다. 사자는 지진은 처음부터 없었고, 토끼가 잠을 자다가 큰 나무 열매 떨어지는 소리에 놀라서 착각한 것이라는 것을 알려 주었습니다.

우리에게 이런 모습은 없을까요? 어디론가 열심히 달리고 있는데, 무엇인가 열심히 하고 있는데, 그 처음 시작할 때의 마음을 잃어버렸거나, 너무 열심히 하느라 일 그 자체에 빠져서 중요한 무엇인가를 놓치고 살아가지는 않고 있을까요? 가족들과 행복하게 살아가기 위해 돈을 많이 벌려고 마음을 먹고 일을 하기 시작했는데, 어느새 가족과 얼굴 한 번 대면할 시간조차 갖지 못하는 사람은 없나요? 행복한 삶을 살아가기 위해 공부를 열심히 하기로 했는데, 성적에 급급한 나머지 커닝을 하거나 부정한 행동을 한 적은 없었나요? 누군가를 아낌없이 사랑하고자 하여 연인이 되었는데 어느새 요구 사항이 더 많고, 불평이 더 많아진 사람은 없나요?

길에 머무르기 위해 떠나는 사람은 없습니다. 어딘가를 향해 우리는 길을 떠납니다. 그렇게 떠난 길에서 너무 열심히 살다 보면 자칫 떠날 때의 본의를 잊어버리고 길에 주저앉아 어디로 가야 할지를 잃어버리는 경우가 있습니다. 너무 열심히 산 탓입니다. 너무 열심히 살다 보면 전체적인 안목에서 자신이 서 있는 위치를 가늠하기가 어려운 경우가 생깁니다. 너무 열심히 살다 보면 처음 시작할 때의 본의를 잊어버리는 경우가 생깁니다. 너무 열심히 하다 보면 자칫 그 일에만 국한된 이기심에 가려지기 쉽습니다. 너무 열심히만 살다 보면 그런 오류에 떨어지기가 쉽습니다. 열심히 살지만 놓치지 말아야 할 것이 있습니다. 바로 '정신 차리고 열심히 살기'입니다. 만일 정신을 차리지 못한 상태로 살아가고 있다면 차라리 열심히 살지 말아야 합니다. 느긋하게 살다 보면 자신이 보일 확률이 높아지기 때문입니다.

프랑스 남부 보르도 지방의 플럼 빌리지(자두마을)라는 공동체를 이끌고 있는 틱 낫한 스님은 '정신 차리고 열심히 살아가기 위한' 한 방법으로 종 명상을 활용합니다. 지금 이 순간에 깨어 있어야 정신을 차리고 열심히 살아갈 수 있기 때문에 그 공동체에서는 30분에 한 번씩 정신을 차리라는, 깨어 있으라는 의미의 종을 울린다고 합니다.

우리는 그 공동체에 속해 있지도 않고, 쉼 없이 30분마다 종을 쳐 줄 사람들을 곁에 두고 있지도 않습니다. 그렇기 때문에 우리는 스스로 30분에 한 번뿐만이 아니라 순간순간 종을 듣는 것과 같은 깨어 있는 의식으로, 정신을 차리고 순간순간을 살아가야 할 것 같습니다.

그렇게 깨어서 정신 차리고 열심히 살아갈 때, 우리는 비로소 우리 자신이 원하는 길, 행복한 삶의 여정에 접어들 수 있습니다. 여러분의 오늘 하루는 어떠했습니까? 정신을 차리고 열심히 살았나요? 정신을 못 차리고 열심히만 살았나요? 정신 차리고 열심히 살 수 없다면 내일부터라도 당장 열심히 살지 마세요. 열심히 살지 말고, 자신이 처해 있는 위치, 앞으로 나아갈 방향, 원래 출발했던 의도, 자신이 원하는 삶에 대해서 점검을 먼저 해 보세요. 그 점검을 마치고 갈 길을 재정비한 다음, 온몸과 마음을 다해 열심히 살기 시작해도 결코 늦지 않습니다.

그렇게 하지 않으면 앞에 말한 토끼를 따라나선 동물들처럼 어느 시점에 당황하거나 방황할 일을 당할 수 있기 때문입니다. 그리고 우리 모두가 원하는 행복한 삶이란 자신의 꿈과 현실이 일치되는 과정에서 얻어지는 것이라고 할 수 있는데, 정신 차리지 않고 열심히만 살다 보면 그 격차를 넓히는 오류를 범할 수 있기 때문입니다.

술꾼들이 하는 이야기가 있습니다. 처음에는 사람이 술을 마시지만, 술이 취할수록 술이 사람을 마신다고 합니다. 그와 마찬가지로, 우리들도 처음에는 스스로 결정하고, 스스로 의도한 길에 접어듭니다. 하지만 어느 정도 가다 보면 자신의 통제력을 상실하고 일에 떨어지거나, 부분에 집착하거나, 본의를 상실하게 되는 경우에 종종 처하게 됩니다. 그런 점이 있음을 염두에 두고, 늘 '정신 차리고 열심히 살기'를 제안합니다. 그렇게 정신 차리고 열심히 사는 방법을 터득하다 보면, 순간순간이 감사하고, 순간순간이 행복하고, 순간순간이 은혜를 실현하는 순간으로 변화되는 것을 스스로 느낄 수 있을 것입니다. 정신 차리고 열심히 살아 볼까요?

 **깨달음 더하기**

세월의 무상함이 요즈음 따라 조금씩 느껴지네요. 벌써 제가 가을을 타나봅니다. 교무님께서 하신 말씀 '열심히 살지 말기'에 다시금 생각을 하게 됩니다. 누구나가 쳇바퀴 돌듯 살아갑니다. 그러나 열심히 사는 모습이 과연 모든 것을 나타내 주는 것인가 다시 생각해 보게 됩니다. 저역시 반성합니다.

- 김봉관

조화로운 삶

제 일
좋 은 것

세상에서 가장 좋은 것, 가장 좋은 것의 상태는 어떤 상태일까요? 사람마다 취향에 따라, 가치관에 따라 그 가장 좋은 것이 다를 수 있습니다. 돈이 가장 좋은 것인 사람, 애인이나 친구가 가장 좋은 것인 사람, 좋은 일터가 가장 좋은 것인 사람 등은 각기 다른 것을 소중하게 생각합니다. 사람들의 각자 취향과 가치관에 따라 그 가장 좋은 것을 다르게 생각할 수 있습니다.

그렇다면 그 가장 좋은 것의 상태는 어떤 상태일까요? 상상을 해보세요. 동그라미 그림으로 그 상태를 비교해 보겠습니다. 1번은 완전한 동그라미, 2번은 이가 빠진 동그라미, 3번은 반달모양의 동그라미라고 할 때, 가장 좋은 것의 상태를 몇 번으로 생각하세요? 다시 한번 설명을 하면 1번은 완전한 동그라미 그림처럼 너무 좋은 상태, 완벽한 상태, 꽉 찬 상태, 부족함이 없는 상태입니다. 2번은 이가 빠진 동그라미 그림처럼 조금 덜 좋은 상태, 조금은 아쉬운 것이 있는 상태라고 할 수 있겠고, 3번은 많이 부족한 상태, 조금 있는 상태라고 할 수 있습니다.

이 중에서 가장 좋은 상태를 어떤 상태로 생각할 수 있을까요?

돈이 제일 좋은 것인 사람에게는 돈이 어떤 상태가 제일 좋은 상태일까요? 돈이 너무 많은 상태일까요? 조금 덜 많은 상태일까요? 사람이 제일 좋은 것인 사람에게는 그 사람이 어떤 상태가 제일 좋은 상태일까요? 너무 예쁘거나 잘생기고, 너무 경제력 있고, 너무 현명하고, 너무 성격 좋은 사람일까요? 아니면 조금은 아쉬운 점이 있는 사람일까요? 좋은 직장이 제일 좋은 것인 사람에게는 그 직장의 어떤 상태가 제일 좋은 상태일까요? 돈도 너무 많이 주고, 근무환경도 너무 좋고, 너무 보람이 느껴지는 직장일까요? 아니면 조금은 부족함이 있는 직장일까요?

물론 이론적으로는 완벽한 상태가 제일 좋은 상태라고 할 수 있습니다. 앞에 말한 1번의 완전한 동그라미처럼 말입니다. 하지만 현실적으로 그런 경우의 제일 좋은 것, 너무 좋은 상태의 것들을 지니기에는 한계가 있습니다. 세상에는 극하면 변하는 이치가 있기 때문입니다. 아이들도 너무 즐겁게 놀다 보면 한바탕 울고서야 끝을 맺고, 달도 차면 기웁니다. 물도 너무 맑은 물에는 고기가 놀지 못하는 법입니다.

그와 마찬가지로 우리도 현실적으로 완전하고 완벽한 어떤 것을 가지고 지니기에는 한계가 있습니다. 세상 어딘가에 존재할런지는 몰라도 내가 지니기에는 어려움이 있습니다. 그리고 설사 가지게 되었더라도 그 극하면 변하는 이치 때문에 오래 지니지 못합니다. 그렇다면 뭐든지 조금 부족한 상태가 현실적으로 가장 좋은 상태라는 논리가 성립됩니다. 사람도 너무 좋은 사람이 아니라 조금 아쉬움이 있는 사람이, 돈도 너무 많은 것보다 조금 부족함이 있는 상태가, 직장도 너무 좋은 일자리가 아니라 조금은 마음에 들지 않은 점이 있는 직장이 제일 좋은 상태라는 것입니다.

이 사실을 마음에 두고 주위를 둘러보세요. 그러면 여러분은 주위에 현실적으로 조금 부족하고, 조금 덜 만족스럽고, 조금 아쉬운 상태의 사람, 직장, 일들로 가득 차 있음을 발견할 수 있을 것입니다. 능력 있고 착하고 현명하고 다 좋은데 약속시간에 매일 늦는 여자친구나 남자친구, 근무환경도 좋고 급여조건도 좋고 다 좋은데 괴롭히는 상사가 있는 직장, 친구도 좋고 학교도 좋고 놀 것도 많지만 하기 싫은 공부를 해야 하는 학창 시절 등. 주위를 돌아보면 대부분이 좋은데 한 가지 정도는 불편하거나 힘든 점이 있는 상태로 둘러싸여 있다는 사실을 발견할 수 있을 것입니다.

현실적으로 가장 좋은 상태가 조금 부족한 상태라는 생각에 근거해서 주위를 둘러보니 우리가 바로 그 조금밖에 부족함이 없는, 대부분은 만족스러운 상황에 처해 있음을 알게 됩니다. 그러면 결국 지금 우리는 가장 좋은 상태에 있다는 말이 됩니다. 지금까지 어떤 이상적인 가장 좋은 상태를 꿈꿔 오지는 않았는지 모르겠습니다. 생각을 바꾸면 세상이 다르게 보입니다. 우리는 현실적으로 가능한 가장 좋은 상태에 살고 있는 것입니다. 이 사실을 알면 우리는 바로 지금 여기에서 애써 구하지 않고도 가장 좋은 것들을 지닐 수가 있고, 감사할 수 있고, 사랑할 수 있으리라 생각됩니다.

결국은 우리가 가진 모든 것, 우리가 만나는 모든 사람, 우리가 처하는 어떤 곳이라도, 우리가 해야 하는 어떤 일이라 할지라도 가장

좋은 일이고 가장 좋은 상태이기 때문입니다. 이제부터는 이루지도
못할 꿈을 꾸면서 현실적인 한계로 고통받지 말고, 현실적으로 가능
한 가장 좋은 상태를 기뻐하고 감사하며 살아가면 어떨까요?

 깨달음 더하기

항상 이런 생각이 들면 좋겠네요. 하지만 머릿속에 너무 많은 생각 때
문에 지나치기 쉬워서 너무 아쉽습니다.

- 오경환

깨달은
만큼
사랑할 수
있다

4월 28일은 원불교의 대각개교절입니다. 이날은 소태산 대종사님의 큰 깨달음으로 원불교가 시작된 것을 경축하고 기념하는 날입니다. 또한 이날은 우리들의 마음이 거듭나는 날이라고 해서 원불교 교도들의 공동생일로 기념하며 기쁨을 함께 나누는 날이기도 합니다. 그래서 그런지 원불교 가족들은 해마다 4월이 되면, 깨달음의 문제에 대해 좀더 진지해지곤 합니다. 4월 경축기간 동안 내내 깨달음의 문제를 생각하다가, 이 세상을 살아 숨쉬게 하는 원동력이 되는 사랑의 문제와 깨달음의 상관관계를 발견했습니다.

먼저 세상 사람들이 살아가는 원동력, 사람들의 삶을 지탱해 주는 것이 무엇일까 생각해 보았습니다. 결혼을 하지 않은 사람들은 연인 간의 사랑이, 결혼을 한 사람은 부부의 사랑 못지않은 자녀에 대한 사랑이, 그리고 결혼을 하든 안 하든, 사랑을 하던 안 하든, 부모 형제 등의 가족에 대한 사랑이 사람들의 삶을 지탱해 주는 아주 중요한 요인이 되고 있음을 발견했습니다. 사람이 아닌 경우는 일이나 취미, 어떤 활동 등에 대한 사랑이 그 사람을 지탱해 주는 중요한 원동력이 되기도 합니다. 그러니까 결국은 사랑입니다. 사람에 대한 사랑이든, 활동에 대한 사랑이든, 일에 대한 사랑이든 사랑은 우리의 삶을 지탱해 주는 아주 중요한 요소임에는 틀림이 없습니다.

그런데 이 사랑이 깨달음과 관계가 있습니다. 깨달은 만큼 사랑을 잘할 수 있습니다. 에리히 프롬도 ≪사랑의 기술≫이라는 책에서 언급하고 있지만, 사랑하는 방법을 잘 알아야 제대로 사랑할 수 있다는 것입니다. 사랑을 하는 방법도 여러 가지입니다. 사랑에 빠져버려서 진실을 분별할 수 있는 안목을 잃어버리는 경우에는 결혼 전에 보이지 않던 상대방의 단점으로 인해 갈등이 생기기 쉽습니다.

사랑에 집착해서 자신에게도 상대에게도 상처를 주는 경우에는 사랑을 일종의 투쟁처럼 생각해서 수단과 방법을 가리지 않고 쟁취하려 하기 때문에 결국 서로에게 상처를 주기 쉽습니다. 또한 사람을 잃었다고 해서 사랑 자체를 혐오하는 경우입니다. 이런 경우는 실연의 아픔을 사람에 대한 신뢰의 상실로 몰고 가서 다시는 사람에게 마음을 열지 못하고, 심하면 우울증이나 신경증 등으로 고통받기도 합니다. 너무 사랑해서 상처를 주는 경우입니다.

부모님이나 사랑이 많은 사람들이 저지르기 쉬운 오류 가운데 하나는 너무 사랑해서 상대방을 자기 마음대로 하려 해서 서로 고통받는 경우가 많습니다. 잘못된 자기애로 말미암아 불행을 초래하는

소망 · 김준영

경우에는 자기를 사랑하느라고 사랑했지만 결국 자신을 불행으로 이끌게 되기 쉽습니다. 자기만 편하려 한다든지, 자기만 잘하려 한다든지, 자기만 잘되면 된다는 생각들이 주위 사람들의 미움이나 증오의 대상이 되어서 결국은 자신이 불행해지는 경우가 되기 쉽습니다. 뿐만이 아닙니다. 제대로 사랑하지 못해서 발생하는 갈등과 상처와 고통들이 많습니다.

  그렇기 때문에 우리가 제대로 사랑할 수 있기 위해서는 무엇보다도 삶에 대한 통찰력과 사랑하는 사람과 함께하는 삶 속에서 발생되는 문제들을 현명하게 풀어 나갈 지혜가 필요합니다. 잘 밝혀진 지혜는 삶이라는 여정에서 직면하게 되는 어떤 문제도 슬기롭게 대처할 수 있습니다. 그렇기 때문에 사랑의 과정에서 발생하는 어떠한 어려움도 현명하게 극복하고 사랑을 더 잘할 수 있게 되는 것입니다. 우리가 깨달으면 깨달을수록 있는 그대로의 사실에 가까이

다가갑니다. 그것은 참이 아닌 것에서 멀어진다는 의미이고, 사실에 가까워질수록 사랑에 있어서도 제대로 된 사랑을 할 수 있다는 것을 의미합니다.

깨달음이 바탕이 된 사랑은 연인이나 가족에 대한 사랑도 잘 가꾸어 갈 수 있게 할 뿐만 아니라, 만나는 모든 인연에게도 제대로 된 사랑을 할 수 있게 합니다. 자기 과시나 동정, 맹목적인 사랑이 아닌 제대로 된 사랑이라야 그 사랑이 건강하고 자기에게나 상대에게 상처를 남기지 않게 됩니다. 그렇지 않고 지혜가 빠진 사랑, 깨달음이 부족한 사랑은 상처와 아픔 등의 폐해를 남기기 쉽습니다.

사랑해서 고통을 주는 것은 사랑이 아니라고 할 수 있습니다. 우리 모두 작은 깨달음이 열리고 열려서 언제든지 고통이 없는 사랑을 실현하며 행복하게 살아갈 수 있기를 간절히 바랍니다.

 깨달음 더하기

가까이 내가 마음을 주고 있는 가족, 특히 자녀에게 너를 사랑하기 때문이라는 말을 많이 했는데, 그건 사랑이 아니었어요. 나(자신)에 대한 믿음이 약해졌을 때 더 크게 내는 소리란 걸 알게 되었어요. '너를 위해서'라고 말했지만 결국은 '너'는 없는 '나'만을 위한 거였지요. 정말 사랑한다면 관심을 가지고 지켜보면서 믿어 주는 마음이 필요해요. '너를 위해서', '사랑해서'라는 말로 속고 살아온 세월이 많아서 알면서도 힘이 듭니다.

- 깨어나자

**길을 걷다
소나기를
만난 것처럼**

대학에서 강의를 마치고 돌아오는 길에 소나기를 만났습니다. 우산을 들고 갈까 하다가 맑아질 것 같아서 그냥 간 것이 문제였습니다. 비를 맞고, 비를 피하고, 우산을 얻어서 돌아오는 과정에서 우리가 삶을 살아가면서 만나게 되는 다양한 문제와 희로애락의 경계들을 대하는 한 가지 작은 깨달음을 얻었습니다. 그것은 바로 질병이나 사고, 실연이나 실직 기타 등등의 만나고 싶지 않은 고통스런 상황들을 '길을 걷다 소나기를 만난 것처럼' 대하며 살아가면 어떨까 하는 것입니다.

만일 길을 걷다 소나기를 만난다면 어떻게 하시겠어요?

우선 내리는 비는 맞을 수밖에 없습니다. 하지만 그 비를 맞는 방법은 조금 다를 수 있습니다. 아무런 대책 없이 비를 맞거나, 준비한 우산을 여유 있게 펼치고 비를 피할 수도 있고, 미처 준비를 못한 경우 친구의 우산을 얻어 쓸 수도 있습니다. 아니면 차나 건물 등의 편안한 장소에서 비를 맞지 않도록 대피할 수도 있겠지요. 하지만 그 어떤 것이 최선이라고는 단정 지을 수 없습니다. 인연에 따라 상황에 따라 대처할 수밖에 없기 때문입니다.

오늘의 경우에는 비를 피해 학교 건물로 다시 들어가서 아는 교수님의 우산을 빌려서 쓰고 왔습니다. 우산을 빌리러 간 교수님 연구실에서 따뜻한 차도 마시고, 논문 구상에 대한 조언도 들었습니다. 비가 오지 않았으면 없었을 좋은 시간이 된 셈입니다. 논문에 대한 좋은 아이디어를 주신 교수님께 감사를 느끼며, 비로 인해 얻어진 예상 밖의 수확에 많은 생각을 하게 되었습니다. '이렇게 하면 되겠구나. 미래에 대해 너무 걱정하지 말고 그때를 당해서 최선을 다하면 되는 거구나.' 하는 작은 깨달음을 얻고, 삶의 수많은 변수들에 대적할 용기가 솟아남을 느꼈습니다.

우리는 예측할 수 없는 미래를 놓고 얼마나 많은 준비를 하고 사는지 모릅니다. 준비하지 않으면 마치 자기만 큰일이라도 당할까 두려워하면서 말입니다. 이것은 마치 한순간의 비를 피하기 위해 비도 내리지 않는 수많은 맑은 날들을 우산을 들고 힘겹게 살아가는 것과 같다고 할 수 있습니다. 그것은 마치 미래에 닥칠 삶의 고통으로부터 벗어나기 위해 지금 이 순간의 현실을 두려움과 고통으로 이끌어 가는 우를 범하는 것입니다.

우리가 이상적으로 생각하는 삶, 말하자면 아픔도 고통도 외로움도 어려움도 없는 완전무결한 삶이란 현실적으로 불가능합니다. 세상에는 자연의 법칙에 따라 비가 내리듯이, 우리의 삶에는 인연의 법칙에 따라 희로애락의 여러 가지 문제들이 발생하기 마련입니다. 이러한 문제들에 대해서 피하려고만 하지 말고, 대비하려고만 하지

평온 · 김준영

말고, 예측하려고만 하지 말고 순간순간을 단지 살아가기만 하면
어떨까요? 단지 살아간다는 것, 그것은 어떻게 살아가는 것일까요?
그것은 순간순간에 온전한 생각으로 판단하고 선택하고 행동하는
것을 말합니다. 삶의 가장 중요한 순간인 지금 이 순간에 집중하는
것입니다.

 우리들 삶 속에서 일어나는 일들을 내 어리석은 소견으로 쉽게
판단하고 피하려고만 하지 말고, 온 마음을 열고, 길을 걷다 소나
기를 만난 것처럼 그 순간순간에 적절하게 대처하는 것입니다. 그
러면 그 대처하는 행위에 따라 예측할 수 없었던 또 다른 인연을
만나고, 또 다른 어떤 삶으로 인도될 것입니다. 그렇게 새로운 인
연을 만나고, 새로운 변화를 겪어 나가는 것, 그것이 바로 삶이라

는 것을 믿는 것입니다. 그것은 지금 내 앞에 일어나는 모든 일들이, 내 앞에 나타나는 모든 인연들이 필연적인 만남이라는 것을 인정하는 것을 말합니다. 그렇게만 할 수 있다면, 우리는 불필요한 고통이나 불필요한 번뇌로부터 훨씬 자유로와질 수 있을 것입니다.

소나기는 영원하지 않고, 고통과 시련에도 끝이 있기 마련입니다. 그리고 고통과 시련은 희망을 여는 또 다른 관문이기도 합니다. 다른 사람들은 비를 맞을 수 있어도 나만은 비를 맞아서는 안 된다는 헛된 오만만 가지지 않는다면, 바로 지금 여기에서 우리는 예측할 수 없는 미래에 대한 불안으로부터 자유로울 수 있습니다. 어떻게 살아가고 싶습니까? 선택은 여러분에게 달려 있습니다.

 **깨달음 더하기**

한 생각을 돌린 나 자신이 대견스럽다고 하면 좀 우스울까요? 요즘은 오랜만에 참 행복한 나날을 보내고 있습니다. 교무님 말씀대로 미리부터 다가올 미래를 두려워하지 않기로 나 자신과 약속한 뒤로 신기하리만큼 전환된 나를 보며 정화된 기분이라고나 할까요? 충고가 마냥 싫고 받아들이지 못하고, 자존심이나 열등감에 휩싸여 오히려 그런 사람을 미워하고 싶어하던 마음이 요즘은 완벽하지는 못해도 올바른 충고에 그리 마음 상하지도 않고 고쳐야지 하는 긍정적인 사고가 먼저 생깁니다. 남편은 아직 멀었다고 하겠지만 내 안은 이미 개혁의 바람이 조금씩 일고 있습니다. 내가 좋으면 뭐든 좋다는 남편을 위해 순간순간 최선을 다하렵니다. 벌써부터 내가 자신과 미래로부터 자유로워지고 있음을 느낍니다.

- 김원영

익어가는 사람,
늙어가는 사람

해가 바뀌고 새해 아침에 떡국을 먹을 때마다 이렇게 나이만 한 살씩 더 먹어 가도 되는 것인가 하는 생각을 하게 됩니다. 정말 나이를 한 살 더 먹는다는 것이 어떤 의미가 있으며, 나이는 어떻게 먹어 가야 할까요?

가수 이현우 씨가 《이지쿠킹영상집》에서는 20대와 30대의 차이를 이렇게 표현하고 있습니다.

20대는 너무나 밝아서 눈이 깜깜해지는 것일지도 모른다. 인생의 불이 가장 활활 타오를 때라서 그 빛에 눈이 머는 것이다. 20대의 터널을 지나온 서른 그리고 몇 해, 살아온 날이 살아갈 날만큼 두터워졌다. 그래서 인생은 소중하다는 그런 생각을 한다. 서른이 넘으면서 안정이란 걸 자연스럽게 이해할 수 있게 되었다. 옛날에는 잠 못 자고 울면서 조급하게 생각했던 일들이 이제는 가만히 앉아 '그건 이렇게 하면 되잖아.' 하고 생각할 수 있게 되었다.

서른 살 정도의 나이를 먹으면 삶을 보다 여유 있게 꾸려 갈 수 있는 통찰과 여유가 생긴다는 말인 것 같습니다. 말하자면 인간적으로 성숙해 간다는 것이고, 정신적인 깊이가 생긴다는 말입니다. 서른이 지나면서 나이가 사람을 가르친다는 생각을 많이 하게 되는데, 이현우씨는 정말 적절하게 표현을 해 주신 것 같습니다. 아마도 그럴 만한 경험과 안목이 열렸다는 의미일 것입니다.

천주교 이해인 수녀님께서는 사람이 나이를 먹어 감에 따라 '익어 가는 사람과 늙어 가는 사람'이 있다고 하였습니다. 늙어 가는 사람은 나이가 들수록 초라해지고, 주변 사람들을 불편하고 안타깝게 합니다. 하지만 익어 가는 사람은 나이가 들수록 푸근하고 넉넉해서 주변 사람들을 편안하게 하고, 풍부한 지혜와 덕성의 빛을 발합니다. 그리고 그런 사람을 만나면 사람들마다 다 좋아하고 닮아가려 합니다.

원불교 소태산 대종사님께서는 '나이가 삼십이 넘으면 그 사람의 일생 인품이 대개 틀 잡히는 때라, 만일 그때까지 철이 들지 못하는 사람은 실상 나도 근심이 되지마는 자신들도 큰 걱정이 될 일이니라.'고 하셨습니다. 그냥 나이만 먹어서는 안 되고 나이를 먹는 만큼 철이 나야 하고, 성숙되어야 한다는 것을 강조하신 말씀들입니다.

그렇다면 어떻게 하는 것이 나이를 잘 먹어 가는 사람, 익어 가는 사람이 되는 길일까요? 요즘에는 관계를 아는 사람이 익어 가는 사람이 아닐까 생각해 봅니다. 세상의 살아 있는 모든 것은 그 생명을 지속하고자 하고, 존재하는 모든 것은 자기식의 세상을 살아

갑니다. 아무리 객관적인 시각을 가지려 해도, 주관적인 안목의 한계를 벗어나기 어렵기 때문입니다. 사람들은 누구나 행복을 원하지만, 그 행복은 각자의 선택의 문제이고 가치관의 문제이기도 합니다. 성숙된 인격을 갖춘 사람은 다른 가치관과의 절충과 조화를 이뤄 낼 수 있습니다. 그리고 우리는 그 밝은 지혜의 안목과 덕의 향기가 묻어나는 사람에게서 익어가는 아름다움을 느낄 수 있습니다. 내가 소중한 만큼 타인에 대한 소중함을 인정해 주는 사람, 자신의 이해를 불구하고 양보할 줄 알고 타인을 배려할 줄 아는 사람에게서 익어가는 맛을 느낄 수 있다는 것입니다.

 어떤 교수님께서는 대학 동산에서 남녀 학생들이 어깨 걸고 앉아 있는 것을 보니 너무 아름다워 보인다고 하셨습니다. 몇 년 전만 해도 혼을 냈다고 하시면서, 나이 드는 것이 이런 느낌이구나 하셨습니다. 나이를 먹어 간다는 것이 그 연륜 만큼 세상을 이해하고 너그러이 봐 줄 수 있는 품을 가지게 되는 것을 의미하는 것인가 봅니다.

 나는 어떤 사람일까요? 여러분은 어떤 사람인가요? 익어 가는 사람일까요? 늙어 가는 사람일까요?

 깨달음 더하기

그렇군요. 요즘 들어 자주 느낍니다. 나이 사십이면 불혹이라고 했나요? 사십을 넘어서니 자꾸 어른들이 하시던 말씀이 생각납니다. "너도 나이를 먹어 봐라." 확실히는 알 수 없어도 아련히 느낌으로 알게 되는 것 같습니다. 더 넓은 시각으로, 더 넓은 아량으로 남을 헤아릴 줄 알아야겠습니다.

- 박성기

나의
좌우명

어떤 좌우명을 갖고 계십니까?

좌우명이란 말 그대로 '늘 가까이 적어 두고, 일상의 지침으로 삼는 말이나 글'이라 할 수 있습니다. 사람의 속성이 부지런하기보다는 게으르고, 좋은 일을 하기보다는 이해관계에 현혹되기 쉽습니다. 그렇기 때문에 그런 상황에서 자신을 지켜 줄 좌우명이 필요한 것 같습니다. 특히 요즘처럼 다양하고 복잡한 상황들을 대처하면서 일관된 행동지침이 될 수 있는 좌우명을 가지고 있으면 자신의 소신대로 살아가는 데 힘을 더해줄 것입니다.

언젠가 진주에 있는 원불교 교당에 간 적이 있었는데 초등학교 3학년생이 책상머리에 큰 글씨로 '고통은 쓰지만 그 열매는 달다'라는 문구를 붙여 놓은 것을 봤습니다. 초등학교 3학년의 좌우명이라고 하기엔 너무 조숙해 보여서 누가 가르쳐 준 것이냐고 물어봤더니 담임선생님께서 교실에 써 놓으신 구절을 옮겨왔다고 했습니다. 대부분의 사람들은 이 초등학생처럼 다들 하나씩의 좌우명은 가지고 있을 것입니다.

수업시간에 학생들에게 발표를 시켜 보면 대다수의 학생들이 좌우명을 가지고서 나름대로 그걸 지키려 노력하는 것 같았습니다. 한편으로는 좌우명 같은 것 없이 살다가 발표를 시키니까 급조하는 학생도 있습니다. 좌우명은 없는 것보다 있는 것이 훨씬 좋습니다. 하나의 지침을 가지고 살다 보면 일관된 인생관을 가질 수 있기 때문입니다.

사람을 대하다 보면 인격적으로 성숙한 사람과 그렇지 못한 사람이 있음을 느낄 수 있습니다. 우리 모두가 인격적으로 성숙하고자 하지만 미숙하기 때문에 서로에게 상처를 주고 스스로도 고통을 받기도 합니다. 성숙한 인격의 특징 중의 하나가 일관된 인생관을 갖고 살아가는 태도라고 합니다. 좌우명을 가지고 그것을 실천하려는 노력을 하다 보면 어느 정도 일관된 삶의 태도를 견지할 수 있습니다. 그렇기 때문에 좌우명은 우리를 지켜 주는 스스로의 부적이 되어 줄 수 있습니다.

그렇다면 어떤 좌우명을 가지면 좋을까요? 20대 말 어느 날 잠에서 깨어나는 순간 문득 이런 생각이 들었습니다. '좌우명이 한 가지일 필요가 있을까?' 하는 것이었습니다. 살다 보면 복잡하고 다양한 상황에 직면하게 됩니다. 말하자면 우울할 때, 바쁠 때, 아플 때, 피곤할 때, 심심할 때 등등 다양한 상태가 있습니다. 그럴 때마다 대처할 수 있는 좌우명이 있으면 훨씬 도움이 되겠다는 생각이 든 것입니다. 그래서 쭉 써 봤더니 10가지가 넘었습니다. 예를 들면 이렇습니다.

- 외롭다 생각되면 책을 읽어라. 놓치고 있는 나를 발견할 수 있을 것

이다.

- 피곤이 밀려오면 땀을 흘리는 운동을 하라. 몸속의 노폐물과 함께 마음의 피로도 말끔히 가시게 될 것이다.
- 아침에 일어나면 기분 좋은 상상으로 웃는 얼굴, 환한 얼굴을 만들어 보자. 그렇게 웃을 수 있는 즐거운 하루가 될 것이다.
- 가끔씩 음악을 틀어 놓고 춤추며 노래하라. 심신이 이완되고 자유로운 창의력이 꿈틀대기 시작할 것이다. 단, 남들이 볼 때를 지양하고 혼자서 완전히 심취하라.
- 가치를 판단하기 전에 사실을 먼저 보자. 실수가 줄어들고 실제에 다가설 수 있을 것이다. 그러면 행복에도 가까이 갈 것이다.
- 사실과 진리에 입각한 삶을 살자. 허영심이나 불필요한 자존심, 이런 것 갖지 마라. 무슨 소용이 있는가. 있는 그대로의 내가 가장 소중한 것 아닌가.
- 머리가 복잡하면 무작정 길을 걸어라. 걸으면서 불필요한 영혼의 군더더기들이 떨어져 나갈 것이다.
- 뭔가 일이 손에 잡히지 않을 때는 정신없는 척하고 타인을 기쁘게 해 줄 수 있는 일을 만들어 보자. 타인을 기쁘게 해 주려는 생각으로 시작했지만, 어느새 기쁨에 찬 나를 발견할 수 있을 것이다.
- 자주 떠나라. 고여 있는 물은 썩기 마련이다. 나를 깨우쳐 줄 인연을 만날 것이다.
- 지금 같이 있는 사람을 감동시켜라. 멀리 갈 것 없다. 잊지만 않는다면 가까이 있는 사람을 감동시키는 데 갖은 아이디어를 짜 보자. 외롭지 않을 것이다.
- 부모님께 전화하라. 존재의 의미를 깨닫게 될 것이다.

좌우명은 타인에게 알리기 위한 것이 아니라 스스로가 자기 방식대로 삶을 살아가기 위한 지침입니다. 멋있는 것에 중심을 두지 말고, 자신에게 꼭 맞는 좌우명을 만들고, 가끔씩 챙겨 보고, 새로 만들기도 하고, 바꾸기도 하다 보면 자신도 모르는 사이에 성장하는 자신을 발견하게 될 것입니다.

 **깨달음 더하기**

나의 좌우명은 '오늘 못 하면 내일도 못 한다'입니다. 오늘 하루 현실에 충실하자는 의미입니다. 그리고 가훈으로 아이들에게도 강조합니다. 오늘 일을 내일로 미루지 말고, 다음에 무엇이 어찌 되면 어떻게 하겠다는 것들을 경계하는 말입니다.

- 김 혁

**공부하는
의미**

　요즘 부모님들이 자녀들에게 하는 말 중에 가장 많은 말이 아마 '공부해라'가 아닐까 싶습니다. 그것은 학생들은 공부하기를 싫어하고, 부모님께서는 공부를 해야 한다고 느끼기 때문입니다.

　정말 우리는 왜 공부를 해야 할까요? 다양한 이유를 들 수 있겠지만, 그 가운데서도 중요한 이유 중의 하나가 바로 잘 살기 위해서가 아닐까 합니다. 그러니까 공부는 살아가면서 직면하게 되는 다양한 문제와 선택의 상황에서 현명하게 판단하고 선택하고 행동하기 위해서라는 것입니다. 잘 판단하고 선택을 잘해야 행동을 잘할 수 있고, 그 행위가 우리를 행복 또는 불행으로 이끌기 때문입니다. 결국 공부는 행복하게 살아가기 위해 하는 것이라고 할 수 있습니다.

　혹시 공부를 안 하고도 행복할 수 있을까요? 우선 공부의 종류를 생각해봅시다. 친구를 사귀거나 사랑을 한다고 하면 그 친구나 연인의 마음을 얻기 위한 공부를 합니다. 친구나 연인의 관심사와 요즘의 유행 등에 대해서 공부를 합니다. 뿐만 아니라 취미활동이나 자신이 좋아하는 일에 대해서도 그 일을 더 잘할 수 있도록 공부

장미의 창 · 김준영

를 합니다. 여행을 가려고 해도 여행정보에 대한 공부를 하게 되고, 운동을 할 때에도 운동정보에 대해 공부를 합니다. 공부의 종류는 한도 끝도 없습니다. 이런 경우 우리가 좋아서 하는 공부는 기꺼이 하지만 학교에서 하는 공부에 대해서는 어쩐지 하기 싫은 마음이 날 때가 있는 것도 사실입니다. 하고 싶은 공부는 알아서 잘하니까 그건 생략하고 학교에서 하는 공부, 즉 지식을 쌓아 가는 일은 왜 하는가를 생각해 보겠습니다.

수학의 노벨상이라 불리는 필드상을 받은 일본의 수학자 히로나카 헤이스케 선생님은 ≪학문의 즐거움≫에서 학교에서 공부를 하는 이유를 '인생에서 어려움이 닥쳤을 때 필요할 때 발휘할 수 지혜의 힘을 기르기 위함'이라고 설명하십니다. "왜냐하면 인생에서 어려움이란 누구에게나 일어날 수 있는 일이며, 이때에는 누구에게도 의지하기가 어렵고 오로지 자신의 사고력에 의지할 수 있을 뿐이기 때문이다. '지금이다' 하는 바로 그때에 더욱 깊이 생각할 수 있는 힘, 그러한 소양을 키우는 것은 부모님 곁을 떠나기 전에 반드시 길러야 하는 일이다. 우리가 공부하는 목적 중의 하나도 사실은 이런 사고력을 기르는 데 있는 것이다." 그렇기 때문에 필요할 때 지혜의 힘을 발휘하기 위해서 인생에 도움이 될 것 같지 않은 것들을 공부한다는 것입니다. "공부를 하지 않은 사람의 두뇌는 인간 특유의 폭넓은 사고의 훈련을 받지 않았기 때문에 깊이 생각하는 힘, 즉 지혜의 깊이가 키워지지 않는다."고 합니다.

우리가 필요로 하는 지혜는 먼저 지식을 쌓고 이 지식이 체험을 통해 자신의 것으로 녹아든 상태라고 할 수 있습니다. 그러므로 지혜의 기본이 되는 지식 즉, 공부를 먼저 해야 하는 것입니다. 그렇기 때문에 공부를 한다고 해서 공부 자체에서 끝나서는 그 의미를 다했다고 볼 수 없습니다. 공부를 할 때에는 호기심을 가지고 지식을 쌓아 가도록 하고, 그 지식이 살면서 지혜의 힘으로 발휘되도록 깨어 있어야 하는 것입니다. 공부가 하기 싫은 학생이라면 어렸을 때 공부한 것들이 기본기가 되어서 여러분이 정작 뭔가를 하고자 할 때 힘으로 작용될 것을 생각해 보세요. 공부가 훨씬 재미있어질 것입니다. 아는 만큼 자유롭고, 아는 만큼 타인을 위해서도 무언가를 해 줄 수 있습니다.

나이가 들어가면서 필요한 것은 돈도 아니고, 명예도 아니고 삶을 깊고 풍요롭게 가꾸어 줄 지혜의 힘이라는 사실을 감안해 본다면, 지금 공부하는 이 일이 정말 소중한 일이고, 공부만 하면 되는 학생 시절 또한 축복받은 시기라는 생각이 듭니다. 어제까지 공부하기 싫은 마음을 가진 적이 있는 학생은 지금부터라도 흥미진진하게 공부를 해보세요. 훨씬 지혜롭고 행복하게 삶을 열어갈 수 있을 겁니다.

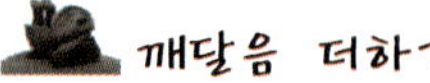 깨달음 더하기

공부 중에 가장 으뜸은 마음공부라고 생각합니다.   - 임미자
재미, 마음공부도 재미없으면 그만이죠.   - 노성대

**살아가는
이유**

얼마 전 수업시간에 학생들에게 '왜 살아가는가?'에 대해 질문을 했습니다. 지금 죽을 수도 있는데 왜 죽지 않고 계속해서 살아가는지, 그 살아가는 이유가 무엇인지 대답을 해 보라고 했던 것입니다. 그랬더니 많은 학생들이 부모님께서 낳아 주셨으니까 살아야 하지 않겠느냐, 죽지 못하니까 살아야 하는 것 아니냐, 잘 모르겠다 등의 대답을 했습니다. 그리고 몇 명은 꿈을 이루기 위해 살아간다, 좋은 일을 봐야 할 것 같아서 살아간다 등의 대답을 했습니다.

정말 왜 살아가야 할까요?
우리가 살아가야 하는 이유는 무엇일까요?

강의시간에 우연히 이 질문을 던져 놓고 사실 나 자신도 그 해답을 찾지 못한 채 며칠이 지났습니다. 며칠을 보내면서 살아가는 이유를 어렴풋하게나마 알아냈습니다. 여러분도 지금은 생각이 나지 않을지도 모릅니다. 하지만 곰곰이 생각하는 기회를 가져 보세요.

사실, 태어난 것은 우리가 선택해서 이루어진 일이 아닙니다. 불교적 관점에서는 업에 의해서, 인연에 의해서 태어나게 된 것입니다. 하지만 살아가는 동안은 내가 선택한 삶을 살아갈 수 있습니다.

사람들이 살아가는 모습을 잘 살펴보세요. 부자는 부자대로, 가난한 사람은 가난한 대로, 건강한 사람은 건강한 대로, 아픈 사람은 아픈 대로, 바쁜 사람은 바쁜 대로, 한가한 사람은 한가한 대로 모두 나름대로의 어려움과 고통을 안고 살아갑니다. 모든 어려움이 사라진 상태로 살아가는 사람은 주위에서 발견하기 어렵습니다. 그것은 모두가 쉽지 않게 살아간다는 말입니다. 그리고 그 어렵다는 것이 본인의 의사와 상관없이 이루어진 일이냐, 본인의 선택에 의한 일이냐에 따라서 미래의 모습도 달라지긴 하겠지만 말입니다.

며칠을 생각하고서야 더 나은 삶, 성장하는 삶을 위해 살아간다는 명분을 발견했습니다. 어떻게 살든지 본인의 의사와 상관없이 문제에 부딪히고 어려움을 겪으며 살아가게 되어 있다고 한다면, 나는 내가 선택한 어려움을 극복하면서 '더 나은 삶' 그러니까 '성장하는 삶'을 살아 나가겠다는 것입니다. 그 삶을 위해서는 반드시 통과해야 할 통과의례가 있습니다. 그것은 바로 수고로움이라는 것입니다.

어릴 때 ≪은혜와 고통으로 크리라≫는 책을 읽은 적이 있습니다. 거기에는 번데기를 벗고 나오는 나비에 관한 이야기가 나옵니다. 저자는 번데기를 벗고 나오는 나비가 너무 힘들어 보여서 가위로 그 번데기를 잘라서 나비가 밖으로 나오는 것을 도와주었습니다. 그런데 그 나비는 날개에 힘이 없어서 결국은 날아 보지도 못하고 죽어 버렸다고 합니다. 그러면서 번데기를 벗고 나오는 일이 고통스러워 보이지만 그 고통을 통해서 비로소 나비가 살아갈 힘을 얻게 된다는 사실을 말하고 있습니다. 그런데 그 의미를 제대로 알게 된 것은 불과 몇 년 전의 일입니다. 살아가면서 부딪히게 되는 고통, 내가 기꺼이 선택한 수고로움이나 고통의 의미를 이해하는 데 오랜 시간이 걸렸다는 말입니다.

 모든 꿈은 어떤 방면으로든지 수고로움을 먹고 자라나서 현실로 나타나게 됩니다. 우리는 살아가면서 내 의도와는 상관없이 부딪혀야 하는 고통스러운 일들이 있습니다. 하지만 그런 고통 말고, 내가 원하는 삶을 살아가기 위해 반드시 들여야 하는 고통이라고 할 수 있는 '의도된 수고로움'은 내가 선택할 수 있으며, 그 고통이 바로 나의 꿈을 이뤄 주는 양분이 됩니다. 일례로 나는 낮에 출근해서 근무를 하고, 그 사이에 시간을 내서 원광대학에서 강의를 합니다. 그리고 저녁이 되면 집에 돌아와서 전공인 선에 대해 여러 가지 자료도 찾고 공부를 합니다. 그리고 밤 시간을 이용해서 청개구리선방 웹 사이트를 운영합니다. 겉보기엔 어떨지 몰라도 맘 편히 다리 뻗고 잠을 잘 수 없는 시간이 많았던 것이 사실입니다. 그리고 늘 바쁘기 때문에 타인에 대해서 시간적으로나 정신적으로 살펴 주며 살 수 있는 형편이 못되었습니다. 그래서 가끔씩은 '내가 왜 이렇게 살아야 하나?' 하고 자문을 해 봅니다. 생각해 보면 '필요하기 때문이며, 나의 길이기 때문에 그렇게 살아갈 것'라는 사실이 명백해집니다.

 내가 원하는 삶을 위해 필요한 수고로움 또는 고통은 불가피하기 때문에 감수할 것이라는 것입니다. 여기서 변해서 행복이 될 고통은 바로 '의도된 고통'이라고 할 수 있는데, 사람이 어떻게든 자신이 원하는 무언가를 얻기 위해서는 반드시 이 '의도된 고통, 내가 선택한 수고로움'을 감수해야 합니다. 그리고 그것은 어느 누구의 것과도 비교할 수 없는 자신만의 고유한 영역이라는 것도 이해하기 시작했습니다.

 어릴 때는 노력 없이 쉽게 얻을 수 있는 것을 꿈꾸기도 했습니다. 하지만 조금씩 철이 들면서 사람이 무엇인가를 이루어 나가려면 반드시 이 '의미 있는 고통'을 겪어야 한다는 사실을 받아들이게 되었습니다. 이 사실을 받아들이기까지 이유를 모르는 많은 고통을 겪은 것도 사실입니다. 아이러니하게도 고통을 피하고 싶은 마음 때문에 더 힘들었습니다. 미래가 늘 불안했고, 앞이 보이지 않는 것 자체가 고통이었던 것입니다. 하지만 이제야 비로소 필요에 의해서 겪어 나가는 '의미 있는 고통'을 이해하게 되었습니다. 우리가 살아가는 이유는 바로 성장하는 삶을 위해서이고, 그 성장하는 삶을 위해서는 반드시 '내가 선택한 고통, 의미 있는 고통'의 과정을 겪어야 한다는 것입니다.

 노력 없이 성공을 바라는 사람을 원불교 소태산 대종사님께서는 '낮도깨비'라는 표현을 하셨습니다. 도깨비가 밤이 되어야 비로소 방망이를 휘둘러서 능력을 발휘할 수 있는데, 낮의 도깨비는 아무런 힘이 없다는 것입니다. 그와 마찬가지로 노력 없이 성공을 바라는 사람도 낮도깨비처럼 허망한 사람입니다. 죽지 못해 사는 것도 아니고, 그냥 그냥 살자고 살아가는 것이 아닙니다. 그렇게 살아가려면 태어나지 말았어야 했을 것입니다. 어찌 되었건 우리는 태어났고, 살아가야 합니다. 어떻게 살아가고 싶습니까? 정답은 아니라 할지라도 성장하는 삶을 위해서가 아닐까라는 생각을 해 보았습니다. 여러분은 어떠합니까?

 깨달음 더하기

왜 살아가야 하는가. 저도 곰곰이 생각해 보았지만 잘 모르겠어요. 지금까지 그에 대해 관심이 없었어요. 의미 있는 고통, 맞는 말 같아요. 저도 앞으로 좀더 나은 생활을 하려고 의미 있는 고통을 겪겠죠? 그런 고통이나 시련을 겪을 때마다 좀더 나은 생활을 생각하며 이겨낼래요. 좋은 말씀 감사합니다.

- 봉옥진

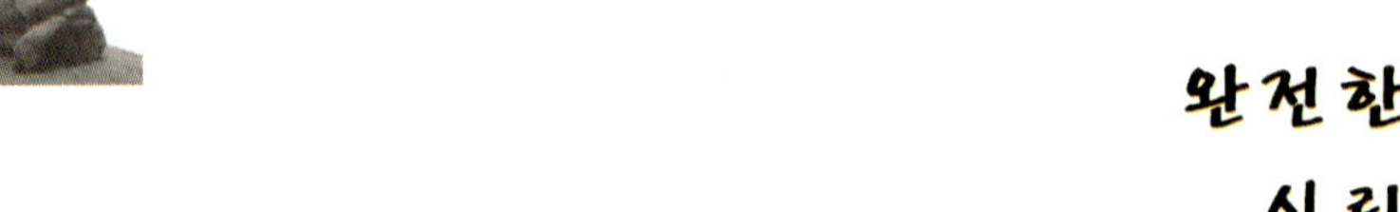

나이 서른이 지나면서 왜 태어났으며, 어떻게 살아야 하는지에 관한 의문이 점점 집요해져 갑니다. 도대체 왜 지금의 나로 태어나게 된 것일까요? 그리고 어떻게 살아야 하는 걸까요? 이 의문은 꼬리에 꼬리를 물고 이어지기만 할 뿐, 그렇게 쉽사리 해답을 얻을 수가 없습니다. 하지만 그 문제를 해결할 단서 하나를 깨달았습니다. 중요한 것은 스스로 선택해서 지금 이 모습으로 태어난 것이 아니라는 것입니다.

불교와 원불교에서는 자신이 지은 업으로 인해 윤회하는 것이라고 하고, 기독교에서는 하나님의 뜻으로 창조하신 것이라고 하고, 유교나 도교에서는 도를 따라 무위이화 자동적으로 생겨난 것이라고 합니다. 어떻게든 내가 선택할 수 없는 탄생입니다. 비록 업을 내가 짓기는 했다 하더라도 말입니다. 혹시 언제 어느 때에, 누구를 부모로 해서, 어느 나라에, 어떤 모습으로 태어날 것인가를 스스로 선택해서 태어난 분 있습니까? 선택해서 태어난 것이 아니라면 우리를 태어나게 하고 살펴주는 뭔가가 있다는 말이라고 할 수 있을 것입니다. 불교나 원불교에서는 인연, 기독교에서는 하나님,

유교나 도교에서는 도라고 하는 것의 작용으로 우리가 태어나고 자라나고 살아가게 된다는 것입니다.

보도블록 사이에 힘겹게 피어 있는 코스모스를 본 적이 있습니까? 기암절벽 위에 뿌리를 드러내고 매달린 나무의 싱싱한 나뭇잎을 본 적이 있습니까? 어떤 열악한 상황에서도 어떻게든 살아가는 그것들을 보면서 최선을 다하는 무엇이라고 이름 지을 수 없는 그 '살림의 손길'을 느낍니다. 하늘과 땅 사이에 있는 어떠한 것도 그 살림의 손길에서 벗어나 있지 않습니다. 인연의 소치에 따라, 하나님의 사랑에 의해, 무위자연한 도에 의해 그 어떠한 것도 배제되지 않고, 소외되지 않고, 버림받지 않고 함께 나타나고 사라집니다. 그 품 안에서, 그 사랑 속에서, 그 은혜 속에서 생명을 유지하며 살아가고 있는 것입니다.

혹시라도 그 살림의 손길이 자신에게만 부족하다고 생각하거나, 자신에게만 실수를 저질렀다고 생각한 적은 없으세요?

하느님이나 진리가 도와주었다면 더 잘될 수도 있었는데 지금처럼밖에 될 수 없었다든지, 연인과 헤어지지 않을 수도 있었는데 헤어졌다든지, 더 좋은 직장으로 갈 수 있었는데 그렇게 하지 못했다든지 하는 그런 생각 말입니다.

어느 순간 지나온 삶의 어떠한 것도 유의미했었고, 필요했기 때문에 일어났었고, 일어난 모든 일들은 지금의 나를 만들기 위해 반드시 있어야 할 과정이었다는 사실을 절실히 느끼게 되었습니다. 지금 이 모습이 완전해서가 아니라 이 삶이 나에게 맞기 때문에 그렇게 이루어져 왔다는 것입니다. 지금 여기까지 온 길이 나의 길이기 때문에 그렇게 살아올 수밖에 없었다는 사실을 인정하게 된 것입니다. 더 잘될 수 있었다면 더 잘되었을 것이고, 원하는 대로 될 일이었으면 원하는 대로 되었어야 했었습니다. 하지만 더 잘되지도 않았고, 원하는 일도 뜻대로 이루어지지 않았습니다.

과연 그 잘되거나 원하는 일이 정말 더 잘되는 일이고 가장 좋은 일이었을까요? 그리고 지금의 모습은 진리나 하나님이 실수하시거나 뭔가 시행착오가 일어나서 이렇게 된 것일까요? 절대 그렇지 않습니다. 진리부처님이나 하나님은 어떤 존재에게도, 어떤 생명에게도 실수하지 않습니다. 얼마나 정교하게, 얼마나 공평하게 낳고 기르는지 모릅니다. 그러니까 중요한 것은 나의 잘못된 믿음입니다. 나의 잘못된 믿음이 지금 이대로의 모습을 부정하고, 더 좋은 길이 있었을 것이라는 기대를 갖게 합니다. 어떻게 증명해 볼 수 없는 일인데도 말입니다.

나는 믿습니다. 진리나 하나님, 도는 조금의 오차도 없이 정확하게 나를 사랑하고 보호하고 이끌어 주고 있습니다. 말하자면 최선을 다하고 있습니다. 내 고집을 내려놓고, 내 편견을 내려놓고, 내 어리석음을 내려놓으면 진리나 하나님의 뜻이 들리고 보입니다. 내 뜻대로 하려는 소망을 접으세요. 다만 감사하고 기뻐하며, 그 뜻을 읽을 수 있도록 노력을 해 보세요. 그 노력을 다른 말로 하면 깨달음을 향한 노력이라고 할 수 있을 것입니다. 깨달은 만큼 사랑할 수 있고, 믿는 만큼 사랑할 수 있습니다. 깨달은 만큼 자유로울 수 있고, 믿는 만큼 자유로울 수 있습니다. 깨달은 만큼 두려움 없고, 믿는 만큼 두려움이 없어집니다.

예수님께서 말씀하십니다. 하나님의 사랑에 대해 완전한 신뢰를 가지라고 말입니다. "믿음이 적은 자들아. 그러므로 염려하여 이르기를 무엇을 먹을까 무엇을 마실까 무엇을 입을까 하지 말라. 이는 다 이방인들이 구하는 것이라 너희 천부께서 이 모든 것이 너희에게 있어야 할 줄을 아시느니라. 너희는 먼저 그의 나라와 그의 의를 구하라. 그리하면 이 모든 것을 너희에게 더하시리라. 그러므로 내일 일을 위하여 염려하지 말라. 내일 일은 내일 염려할 것이요, 한 날 괴로움은 그날에 족하니라." 하나님은 최선을 다해서 사랑하고 살펴 주시는데, 믿지 못하는 자들이 염려하고 걱정한다고 하시는 것입니다.

하나님뿐만이 아닙니다. 원불교에서는 천지, 부모, 동포, 법률이라는 사은의 없어서는 살 수 없는 은혜로 만물이 생명을 보전하고 그 모습을 지속한다고 봅니다. 그렇기 때문에 우리가 우리 방식으로 가치를 부여하고, 욕심을 내며, 집착하기 시작한다면 영원히 불안하고 두려운 삶을 살아갈 수밖에 없습니다. 내일을 예측할 수 없고, 모든 것이 내 뜻대로 이루어지지 않기 때문입니다. 사은님께서나 하나님께서나 무위자연의 도가, 또는 그 무엇으로 이름하든 우리를 이 땅에 오게 한 그 어떤 살림의 손길이 우리를 낳고 키우고 보살펴 주고 계신다는 데 대한 완전한 신뢰를 가져 봅시다. 조금이라도 의심하는 마음이 없이 완전히 믿는다면, 우리는 지금 이 순간부터 자유로울 수 있습니다. 언제나 내 뜻대로 하려는 마음이 고통을 불러오기 때문입니다.

 진인사 대천명이라는 말처럼, 최선을 다하는 것은 우리의 몫이고 그 결과는 그 살림의 손길의 몫입니다. 그리고 그 살림의 손길은 누구에게나 공평하고 절대적인 사랑과 은혜로 우리를 낳고 살립니다. 그렇기 때문에 사은님이 되었건, 하나님이 되었건, 도가 되었건 명칭에 상관없이 그 살림의 손길에 대한 완전한 신뢰를 바탕으로 지금 이 순간에 오롯하게 깨어서 살아가면 될 것 같습니다. 과거에 대한 후회나 미래에 대한 두려움으로 괴로운 일은 그 믿음의 정도에 비례할 것입니다.

 완전히 믿으면 후회나 두려움이 완전히 사라질 것이고, 조금 믿으면 많이 후회하고 많이 두려워할 것이고, 많이 믿으면 조금 후회하고 조금 두려워 할 것입니다. 사은님이나 하나님께서 실수하는 대상이 본인이기를 바라는 사람은 아무도 없을 것입니다. 그러니까

믿으세요. 실수하지 않으시리라는 것을 확실히 믿고 지금 이 순간
에도 그 사랑과 은혜가 여러분을 향해 절대적이라고 믿어 보세요.
선택은 여러분에게 달렸습니다.

 **깨달음 더하기**

세상 모든 사람은 이 사실을 확실히 믿고 있습니다. 다만 스스로 믿고
있다는 사실을 깨닫지 못하고 있는 것뿐입니다. 그렇지 않고는 세상이
이렇게 아름다울 수가 없을 것입니다.

- 김혁

시간을
아끼려면

세월이 참 빨리 흘러갑니다. 돌아서면 하루가 금방 지나고, 돌아서면 한 달이 금방 지나는 요즘 같은 때에는 어떻게 하는 것이 정말 시간을 효율적으로 관리하는 것일까 궁금해집니다. 과연 시간을 아끼는 법은 어떤 것일까요? 많은 사람들은 같은 시간에 많은 일을 하는 것이 효율적이라고 생각하는 것 같습니다. 그 대표적인 예를 요즘 신세대들의 생활방식에서 찾을 수 있습니다. 신세대들은 동시에 많은 일을 처리하려고 합니다. 강의를 들으면서도 문자 메시지를 주고받고, 운전을 하면서 전화를 하고, 음악을 들으면서 공부를 합니다. 이런 유형의 인간을 '멀티형 인간'이라고 표현을 합니다. '멀티형 인간'이 늘어가는 것을 빠르게 변화하는 이 시대를 살아가기 위해 인간이 진화된 것이려니 하면서도 한편으로는 정말 중요한 것을 놓치는 것이 아닌가 하는 우려도 하게 됩니다. 그중에 한 가지가 현대인, 특히 한국인의 '빨리빨리 증후군'은 심각한 상태여서 잠정적인 강박증 환자라고 표현하는 사람도 있습니다. 그것이 옳은 일인지, 어떤 일인지 나도 잘 모르겠습니다.

하지만 마음을 다스리는 공부를 하는 선 명상 스승들은 한결같이 모두 한 번에 한 가지 일을 할 것을 권합니다. 순간순간에 깨어 있으라는 것입니다.

일본의 선승이면서 미국에서 수많은 선 센타를 설립하고 많은 미국인 선 수행자를 지도했던 스즈끼 순류 선사는 ≪선심초심≫에서 모든 일상생활을 할 때에 '초심, 즉 Beginner's Mind'를 유지할 것을 강조했습니다. 초심자 즉 막 시작한 초보자의 마음은 처음 대하는 그 순간에 너무 몰입한 나머지 어떠한 다른 생각이 끼어들 틈이 없는 마음으로 집중할 수 있기 때문이고, 우리의 본래 마음은 그렇게 순수하기 때문이라는 것입니다. 자전거를 처음 타게 되었을 때, 새로운 기계를 샀을 때, 새로운 연인을 만났을 때 사람들은 온통 거기에 몰입해서 오로지 한마음으로 그 일 그 일에 열중하게 됩니다. 그러한 것처럼 우리의 일상생활 전반을 그렇게 선입견 없는 마음으로 온통 몰입해서 깨어 있는 상태를 견지하라고 합니다.

그렇게 하면 우리는 과거에 대한 후회나 미래에 대한 두려움, 현재에 대한 편견이나 선입견 없이 세상 사물과 사건과 사람을 '있는 그대로의 모습'으로 만나게 됩니다. 늘 새롭고 신선하고 흥미진진한 삶이 되고, 결국 자유로워진다는 것이지요. 그러한 것처럼 우리들도 우리의 하루하루를 살아가면서 시간을 잘 아껴 쓰기 위해서는 '한 번에 한 가지', '한 순간에 한 마음'을 오롯하게 사용하는 것이 필요합니다. 컴퓨터를 사용하면서 통계 프로그램을 돌려 보면 그 처리 속도와 능력에 존경심과 경이로움을 느끼게 됩니다. 그러한 컴퓨터의 능력이 1과 0이라는 이진법의 비트 단위 작동에서 비롯된다는 사실은 '한 번에 한 가지'의 효과가 얼마나 엄청난 것인가를 실감하게 합니다. 우리의 마음도 순간적으로 많은 생각을 하는 것 같지만, 사실은 한 순간에 한 생각을 하는 것이라고 합니다. 워낙 빠른 속도로 다른 생각들을 할 수 있기 때문에 동시에 다른 생각을 하는 것처럼 느껴질 뿐 실제로는 한 가지씩 순차적으로 해낸다는 것입니다. 그러니까 결론적으로 시간을 아끼려면 순간순간에 일심을 집중하는 것이라는 사실을 알게 되었습니다.

 우리의 인생은 길고 긴 마라톤과 같이 오랜 시간을 통해 엮어져 갑니다. 한 순간의 시간절약이 아니라 긴 인생에서의 만족스런 삶을 살기 위한 시간의 절약이어야 할 것입니다. 마음이 바쁘고 헐떡이다 보면 바른 판단을 할 수 없고, 바른 행위를 하기는 더 어려워집니다. 그러니까 평온한 마음으로 그 일 그 일에 집중하는 것이야말로 긴긴 인생의 시간을 효율적으로 사용하는 방법이 될 것입니다. 빠른 것이 늦은 것이고, 늦은 것이 빠른 것입니다. 오늘부터라도 한 번에 한 가지씩 집중하는 연습을 해 보면 어떨까요? 한 가지를 하더라도 깔끔하게 두 번 다시 생각하거나 고쳐야 할 필요가 없도록 집중해서 처리해 보세요. 날마다 평화로워지는 여러분을 발견할 수 있을 것입니다.

 **깨달음 더하기**

바빠서 밥을 제대로 못 먹습니다. 바빠서 **결혼 못 합니다.** 바빠서 죽지 못합니다. 사람들의 모습을 곳곳이 볼 수 있습니다. 그런데 자꾸 하루 종일 바빠서 일을 하나도 못 한다는 얘기를 많이 들었습니다. 바쁘게 지내도 일을 효율적으로 못합니다. 오히려 시간을 낭비합니다. 그러니까 시간을 아끼려면 '소중한 것부터 한 번에 한 가지'가 제일 빠른 방법이라고 생각했습니다.   - 왕위걸(중국인)

허공의
쓰레기통

달력을 바꿔 걸었습니다. 어제가 별 날이 아니고, 오늘이 별 날이 아니지만 달력을 새로 걸고 한 해가 시작되는 1월 초에는 뭔가 새로운 계획을 세워 보는 것도 의미가 있습니다. 계획이나 다짐을 얘기하면 보통 '작심삼일'이라는 단어가 떠오르곤 합니다. 그만큼 계획을 세우고 실행하기가 어렵다는 말입니다. 하지만 스스로의 생각이 어떤 지향점을 갖고 있다면 자신도 모르는 사이에 그 방향으로 나아가게 됩니다. 학창 시절에 읽었던 나다니엘 호돈(Nathaniel Hawthorne)의 ≪큰 바위 얼굴≫이란 소설을 보면 한 사람이 무엇을 바라보느냐에 따라 그 인생이 어떻게 변화하는지가 잘 드러나 있습니다. 마음의 지향점이 한 사람을 어디로 이끄는지를 잘 보여 주는 이야기입니다.

그래서 나는 새해의 계획을 몇 가지 세우고, 다이어리 뒤에 자세히 써 두었습니다. 잊어버리지 않도록 하기 위해서입니다. 그 계획 중에 '허공의 쓰레기통 마련하기' 계획이 하나 있습니다. 허공은 어디에 있을까요? 없는 곳이 없습니다. 그래서 필요할 때마다 그 쓰레기통을 사용할 수 있게 하기 위해서 허공에 만들려고 합니다. 그렇다면 무엇을 버리는 쓰레기통일까요? 이 쓰레기통은 세상에 나와서는 불필요한 생각이나 말 등을 버리는 곳입니다. 세상에 나와서는 불필요한 생각이나 말이라는 것은 여러 가지 종류가 있을 수 있겠지만, 그중에서도 특히 버리고자 하는 것은 '타인의 잘못을 지적하는 마음이나 부정적인 말'입니다. 일이나 사람이나 상황은 다 장점과 단점이 있고, 알고 보면 그럴 수밖에 없는 여러 사정들이 있습니다. 그런데 잘 알지도 못하면서 아무 생각 없이 타인의 과실을 말하거나 불평이나 불만을 토로하기가 쉽기 때문에 각별히 주의해야 하겠다는 생각 때문입니다.

사람은 살아가면서 끊임없이 무슨 생각을 하고, 말을 하고 행동을 하면서 살아갑니다. 그런데 이상하게도 남을 칭찬하거나 이해하거나 감싸 주기는 쉽지 않고, 비난하거나 불평하기가 쉽습니다. 그래서 알게 모르게 얼마나 많은 죄를 짓고 있는지 모릅니다. 새해에는 허공에 큰 쓰레기통 하나를 장만해 놓고, 혹시 그런 류의 생각이 나면 멈춰서 그 쓰레기통에 넣어버리고, 되도록 장점을 살려 주고, 이해해 주고, 감싸 안는 말만 내뱉을 수 있도록 노력을 해 보려고 합니다. 벌써 새해가 된 지 며칠이 지났습니다. 아직은 잊어버리지 않고, 조심하고 있습니다.

하다 보니까 세상에 나와서 공해가 되는 여러 가지 것들이 있음을 발견하게 되었습니다. 무심코 불평하고, 무심코 시기하고, 무심코 무시합니다. 챙기지 않으면 그런 마음이 일어나고 말을 해 버리곤 합니다. 하나하나 예를 들 수는 없지만, 순간순간 멈추고 생각해서 그러한 것들이 나오기 전에 챙겨서 허공 속의 쓰레기통에 버리는 일을 꾸준히 해 볼 계획입니다. 계획을 세우기도 쉽지만 잊어 버리기 또한 쉽습니다. 벽에다 붙이든지 수첩에 써 놓든지 해서 되도록 잊지 않도록 할 것입니다.

 예전에 무슨 일로 스트레스를 받는다고 하니까, 친구가 '준다고 다 받니? 피해 버려.'는 말을 했는데, 십여 년이 지난 지금까지도 잊지 않고 있습니다. '세상에 나와서 도움이 안 되거나 나쁜 결과를 초래할 생각이나 말은 허공의 쓰레기통에 버려.'라며 챙길 것입니다. 쓰레기통 하나 장만하실래요? 허공에다 말입니다.

 **깨달음 더하기**

세상의 모든 지저분한 것들을 다 받아 주는 쓰레기통. 모두들 깨끗한 척 하지만 쓰레기통의 희생이 있기에 깨끗함이 더욱 빛이 난다고 생각해요. 이번 작은 깨달음은 사회생활을 하는 저로서는 가깝게 와 닿는 화두입니다. 주관만으로는 해결할 수 없는 수많은 일들로 밀려오는 마음의 혼란들. 이젠 저도 허공에 커다란 쓰레기통을 만들어 놓고, 마음의 수양을 통하여 점점 작은 쓰레기통으로 바꾸도록 노력하고, 나중에는 쓰레기통에 버릴 것들이 없도록 순간순간 마음 챙기기에 노력할래요.

- 김은준

아름다운
절약

　얼마 전 핵폐기물 처리장 부지선정에 관한 보도가 있었습니다. 이에 대해 일부 환경단체와 원불교 교단에서 힘을 모아서, 핵발전소 증설을 반대하고 환경과 생명을 소중히 하는 핵폐기물 처리장 부지선정을 요구하는 대규모 집회와 에너지 절약 운동을 촉구하고 있습니다. 이번 일을 지켜보면서 전기나 기타 에너지에 의존하는 삶의 방식을 가진 한 사람으로서 많은 생각을 하게 됩니다.

　어쩔 수 없이 더 나은 생활환경과 삶의 질 향상을 위해 문명이기를 사용할 수밖에 없지만, 그 정도 문제와 자연과 생명에 대한 관심과 사랑을 다시 점검해 봐야겠다는 생각이 들었습니다. 자연을 사랑합니까? 왜 사랑해야 하는 걸까요? 사랑이라는 말을 한다는 것 자체가 자연 앞에서는 무력감을 느끼게 합니다. 자연이 우리에게 말없이 베풀어 주는 사랑이 너무나도 크기 때문입니다. 하지만 이제부터라도 다시 자연사랑을 생각해야 하는 것은 인간의 횡포 때문에 생명력을 상실해 가고 있는 자연이 너무 심각한 상태에 처해 있기 때문입니다. 예전에 이 지구상에 인간이 이렇게 많이 살기 전에는 자연의 자생력만으로도 이 지구가 건재할 수 있었습니다. 하지만 과학문명의 발달과 함께 인간들의 무분별한 개발과 무절제한 사용으로 자연도 더 이상 버티기 어려운 상황이 되어 가고 있습니다. 우리가 지금이라도 정신을 차리지 못한다면 자연은 인간의 그 무책임한 남용과 오용에 대한 대가를 요구하며 많은 재앙과 불편을 몰고 올지도 모릅니다.

언젠가 회식이 있어서 밥을 먹으러 갔는데 등뼈가 지렁이처럼 굽은 생선이 나온 것을 보았습니다. 환경오염에서 비롯된 기형 물고기였습니다. 그뿐만이 아닙니다. 환경오염으로 인한 이상기온 현상, 희귀한 질병의 등장, 남성들의 성기능장애 등 여러 가지 문제들이 발생하면서 인류의 삶을 위협하고 있습니다. 특히 핵물질 사용은 '신의 영역을 건드렸다.'는 표현처럼, 편리해서 사용하지만 그 피해가 어떤 형태로 끼쳐 올 것인지에 대해서는 누구도 예상할 수 없다는 것입니다.

지금부터라도 우리가 어디에서 어떤 일을 하든지 간에 생명과 환경에 대한 관심과 사랑을 가져야 할 것 같습니다. 그러기 위해서는 가치관의 변화부터 시작되어야 합니다. 행복이란 잘 먹고 편안하고 화려하고 편리한 곳에 있다는 생각을 바꿔야 합니다. 대신에 행복이란 모든 생명이 깨끗한 환경에서 건강하고 조화롭게 살아가는 가운데 얻어지는 것이라는 의식의 전환이 필요합니다. 나만 잘 먹고 잘살면 된다는 생각이 초래한 무분별한 자연파괴, 환경오염, 자원낭비 등이 인류의 생존을 위협하고 있는 현실을 보세요. 자본주의적 가치 하에서는 자본의 논리, 돈의 논리가 우선합니다. 오죽하면 인격도 그 사람의 재력으로 가늠되기도 하니까 말입니다. 그래서 사람들은 더 많은 돈, 더 넓고 화려한 집, 더 큰 차 등이 자신의 가치를 나타낸다고 믿고 그런 것들을 더 갖추는 데 열심인 경향이 있습니다. 그러다 보니, 근시안적인 사고로 나에게 직접적인 피해만 없다면 생명이나 환경에 대해 무신경하게 살아온 것이 사실입니다.

요즘 가만히 우리의 삶을 돌아보면 인류가 인류의 행복을 위해 문명을 개발하고 시간을 벌었지만, 그 시간은 인류의 행복을 위해 주어지기보다는 또다시 문명을 개발하기 위해 투자되느라 정작 그 목적이었던 인간은 소외되고 있는 것이 아닌가 하는 회의가 듭니다. 우리 모두가 조금만 더 느리게, 조금만 더 불편하게 살면서 인간 중심의 삶의 방식을 조금만이라도 양보한다면 자연과 생명이 보호될 수 있고, 보존될 수 있으리라는 생각이 듭니다. 다행스럽게도 지금 세계 곳곳에는 생명사랑, 환경사랑을 위한 공동체들이 많이 있고, 환경 친화적인 삶의 방식을 택한 사람들이 날이 갈수록 증가하고 있습니다. 하지만 우리 모두가 산속으로 들어갈 수는 없는 노릇입니다. 우리는 산속에 들어가지 않고서도 일상생활 속에서 생명과 환경에 대한 관심과 사랑을 가지고 사소한 일에서부터 에너지 절약을 생활화해야 할 것 같습니다.

생각이 바뀌면 방법은 간단한 법입니다. 정말 생명의 위협과 환경의 파괴가 남의 일이 아니라 바로 나의 일임을 각성하고 생활 속에서 내가 할 수 있는 에너지 절약의 방법을 찾아서 생활화했으면 합니다. 얼마 전부터 잠자기 전 콘센트 뽑아놓기, 차 조금 타고 많이 걷기, 실내온도 낮추기 등의 몇 가지 방법을 찾아서 실천하고 있는데, 이뿐만이 아닐 것입니다. 돈이 있어도 또 다른 생명의 안

전과 환경의 보존을 위해서 에너지 절약에 동참했으면 하는 바람이 간절합니다.

 깨달음 더하기

가끔, 주변을 살펴보면 내 공간이 점점 좁아지는 것을 느끼게 됩니다. 그래서 어느 날은 방에 있던 모든 물건을 다 치우고 빈 공간을 마련했지요. 생각이 복잡할 때, 빈 공간에서 가만히 앉아 있노라면 번뇌, 망상들을 잠재우는 데 큰 도움이 되더군요. 우리들의 삶 속에서 공허함을 달랠 수 있는 것은 화려한 것들로 채워진 풍요가 아니라, 텅 빈 가운데 느낄 수 있는 비움이라는 것을 깨우치게 됐지요. 그래서 요즘도 집에는 방 하나가 늘 비워져 있습니다.

- 박종락

한 번에
하나씩

　무슨 계획을 세우거나, 어떤 목표를 갖게 되면 급하게 구하려는 경향이 있습니다. 그래서 결국 그 급하게 구하는 마음 때문에 일의 순서를 잡지 못하고 마음만 바쁘고 이루어지는 일은 더딘 경우가 많은 것이 사실입니다. 주위를 보면 늘 여유 있고 편안해 보이지만, 많은 일을 해내는 사람들과 바쁘다고 동동거리지만, 실상 해내는 일은 많지 않은 사람들이 있습니다. 무슨 차이일까요? 계획은 많은데 실속이 없는 사람과 마음먹은 것은 현실이 되게 하는 사람이 있습니다. 정말 무슨 차이일까요? 그것은 바로 일의 순서를 알아서 집중할 줄 아는 능력이 있는 사람과 그렇지 못한 사람의 차이에서 비롯됩니다.

　많은 사람은 꿈이 있고, 계획이 있습니다. 하지만 그것을 이뤄 내고 그렇지 못하고의 차이는 작은 것에서부터 하나씩, 차근차근 실행에 옮길 수 있는 사람과 꿈만 많고 계획만 많으면서 실천할 수 있는 힘이 없는 사람의 차이에 있습니다. 돈을 모으고 싶은 두 사람이 있습니다. 한 사람은 적지만 자신의 수입 중 10%를 저축하고, 다른 한 사람은 복권을 사거나 일확천금을 얻을 수 있는 기회만 기다리는 사람이 있습니다. 누가 돈을 모을 가능성이 높을까요? 또 결혼을 하고 싶은 두 사람이 있습니다. 한 사람은 만나는 사람과 진지한 사랑을 조금씩 키워 가고, 다른 한 사람은 사람을 만나자마자 결혼을 생각하고 조건을 따져 봅니다. 누가 더 결혼을 잘할 수 있을까요? 수많은 예가 있을 수 있습니다. 영어를 잘하고 싶다면서 하루에 한 단어씩 차근차근 공부를 해 나가기보다는 영어공부 1주일 완성, 1개월 완성 등의 상술에 현혹되기도 합니다. 또 건강을 지키고 싶다면서 꾸준한 운동을 하기보다는 침이나 의료기구, 무슨무슨 요법 등에 매달리는 경우도 그러한 경우입니다. 노력 없이 쉽게 뭔가를 얻고 싶은 인간의 나약한 욕망의 단편이 아닐까 싶습니다.

 이런 세상 사람들의 안일한 생각에 소태산 대종사님께서는 "세상의 모든 사물이 작은 데로부터 커진 것 외에는 다른 도리가 없나니, 그러므로 이소성대以小成大는 천리天理의 원칙이니라. 그러므로 무슨 일이든지 허영심과 욕속심에 끌리지 말고 위에 말한 이소성대의 원칙에 따라 바라는 바 목적을 어김없이 성취하기 바라노라."고 말씀을 해 주셨습니다. 어떤 분야의 성공이든 자신이 원하는 것을 이뤄 내기 위해서는 급한 마음을 뒤로하고, 한 번에 하나씩 집중해서 차근차근 해결하는 능력을 익힐 필요가 있습니다.

 우리의 머릿속에는 여러 가지 계획이 있고, 여러 가지 문제들이 있습니다. 이런 계획이나 문제들이 실현되고 해결되도록 하기 위해서는 도로의 병목현상을 해결하는 방법과 마찬가지로 한 줄을 세워서 차근차근 빠져나오도록 하는 수밖에 없습니다. 다른 방법이 없습니다. 지금부터는 결과가 빨리 나타나지 않는다고 실망하거나 답답해하지 말고, 한 단계 한 단계, 한 걸음 한 걸음, 한 조각 한 조각, 하루하루, 조금씩 조금씩 이뤄 나가도록 그 일 그 일에 집중해 보세요. 급한 마음으로 하면 순서가 잡히지 않아서 더 많은 시행착오를 겪어야 합니다. 그러면 급하게 하고 싶은 일이 오히려 더 더디게 진척이 됩니다. 그리고 실행 없는 결과는 없습니다. 실행한 만큼만 이루어집니다. 허황된 꿈, 노력 없는 행운, 이런 것은 염두에 두지도 말고, 한 번에 하나씩, 차근차근 우리의 소망을 이뤄 갑시다.

 **깨달음 더하기**

아기 개구리 앞에서 황소의 배를 흉내 내는 개구리의 어리석음이 생각 나는군요. "티끌 모아 태산이요, 천 리 길도 한 걸음부터"라 했습니다. 순리대로 사는 것이 중요할 것 같군요.

- 김혁

꿈은
이루어진다

점심을 먹고 산책을 하는데 화단 여기저기 추위에도 아랑곳 않고 뾰족뾰족 고개를 내밀고 있는 어린 싹들을 보면서 씨앗이나 뿌리, 나무들의 꿈을 보았습니다. 봄과 여름에 활짝 피어날 꽃과, 잎을 펼치기 위해 오래전부터 언 땅 아래에서 쉼 없이 추위를 이기며 키워 온 꿈을 느끼며 기특하고 대견한 마음이 들었습니다.

지난여름 광화문 거리를 붉게 물들였던 주인공들이 있습니다. 몇십 년 만에 우리나라 전 국민을 그렇게 신나게 들뜨게 했던 월드컵의 그라운드 밖의 선수, 바로 붉은 악마들입니다. 그 붉은 악마들이 월드컵 4강에서 마지막으로 선보였던 카드섹션의 문구가 무엇인지 기억나세요? 바로 '꿈은 이루어진다.Dreams come true.'였습니다. 꿈은 이루어집니다. 어떤 경우에 더 잘 이루어질까요? 꿈이 명확하고 구체적일수록, 그 꿈의 실현 가능성에 관한 믿음이 크면 클수록 더 잘 이루어집니다. 그리고 이 꿈은 우리의 행복과 밀접한 관계가 있습니다. 꿈이 있고, 그 꿈을 이루면서 살아가는 가운데 행복이 있기 때문입니다. 이에 대해 칼릴 지브란은 "소망과 욕망은 삶의 기능이다. 우리들은 삶의 소망들을 실현하고, 우리들에게 그럴 의지가 있거나 없거나 간에 욕망들을 실천하도록 노력해야만 한다.”고 했습니다. 또한 헤르만 헤세는 ‘행복하다는 것은 소망(꿈)을 가지는 것을 말한다.’고 했습니다. 되새겨 볼 만한 말입니다.

언젠가 사람들이 살아가면서 느끼는 고통의 크기는 자신의 꿈과 현실과의 괴리의 정도에 비례한다는 사실을 발견했습니다. 그러니까 자신이 원하는 삶과 지금 살아가는 삶이 차이가 나면 날수록 더 많은 고통을 느끼게 된다는 사실입니다. 이상과 현실의 괴리가 사람들을 고통스럽게 만든다는 것입니다. 그러므로 우리들이 고통을 줄이고 행복하게 살아가기 위해서는 이 꿈과 현실과의 괴리를 좁히는 것이 그 한 방법이 될 것입니다.

그렇게 하기 위해서는 나의 꿈이 무엇인지를 명확히 할 필요가 있습니다. 그 꿈을 명확하기 위해서는 내가 어떻게 살고 싶은지를 먼저 선택해야 합니다. 여기서 명확하게라는 말은 구체적이라는 말입니다. 꿈이 구체적이고 명확해야만 에너지만 집중할 수 있기 때문입니다. 하지만 자신의 꿈을 머릿속으로 그려낼 수 없다면 먼저 그 꿈을 구체화하는 일이 필요합니다. 그러기 위해서는 부모님의 의견이나 사회적 가치에 근거한 삶이 아니라 삶의 주체인 나의 행복에 대해 선택할 필요가 있습니다.

사람들이 살아가는 방식은 모두 다릅니다. 얼굴 생김새가 다른 것만큼이나 행복의 기준에도 차이가 있습니다. 그렇기 때문에 자신의 행복에 대해서는 자신이 선택하고 실현해 나가야 하는 것입니다. 그렇기 때문에 무엇보다 자신에 대해, 자신의 꿈에 대해 잘 알 필요가 있습니다. 그리고 그 꿈은 또한 자신만을 위한 것이냐, 타인에게도 유익한 것이냐에 따라서 그 행복의 크기도 달라집니다. 소설가 이외수 선생님은 그 마음을 욕망과 소망으로 나누어 설명을 해 줍니다. "자신이 잘되기를 바라는 마음을 욕망이라 하고, 타인이 잘되기를 바라는 마음을 소망이라고 한다. 욕망이 실현되기 위해서는 타인의 희생이 필요하고, 소망이 실현되기 위해서는 자신의 희생이 필요하다. 욕망은 영웅을 따라다니지만 소망은 신神을 따라다닌다. 그러나 소망과 욕망은 같은 가지에 열려 있는 마음의 열매로서 환경의 지배와 개인의 노력 여하에 따라 그 형태가 얼마든지 달라질 수 있다."

 우리가 진정한 행복을 위해 욕망에 가까운 꿈보다는 소망에 가까운 꿈을 갖고 살아가면 더할 나위 없겠지요. 꿈이 있습니까? 꿈이 명확해질 때까지 자신의 내면의 목소리에 귀를 기울여 보세요. 꿈이 명확해졌습니까? 몸과 마음을 다해 꿈을 현실로 만들어 보세요.

깨달음 더하기

꿈은 살아가는 이유라고 생각해요. 꿈은 꿈일 수 있지만 그래도 꿈이 있기에 삶에 희망이 있지 않을까요? 얼마 전 교무 훈련에서 일생동안 이루고 싶은 꿈을 기재했던 적이 있습니다. 막상 기재하려니 선명하게 떠오르지가 않더군요. 그때 저의 꿈이 구체적이지 못했다는 걸 깨우치게 됐습니다. 훈련 덕분에 저의 꿈을 구체화할 있었고, 지금은 그 꿈을 향해 열심히 전진하고 있지요. 교무님의 말씀 감사해요. 꿈은 구체적이어야 한다는……

- 박종락

하늘처럼

작은 깨달음에 눈뜨는 영혼의 여행을 시작한 지 꽤 시간이 되었습니다. 깨달음을 실제 생활 속에서 적용을 할 때 뭔가 판단하기 어려운 점이 있습니다. 그렇게 판단이 서지 않을 때 어떤 표준으로 살아가면 도움이 될까요? 사람을 대하거나, 일을 할 때, 다양한 문제들에 직면할 때 어떤 표준으로 하면 좋을까요?

한 학생이 "저는 살아가면서 좀더 이해심 많고 넓은 마음으로 사람들을 대하면서 살아가고 싶은데, 어떤 사람을 보면 미운 마음이 나서 마음이 괴로운데 어떻게 하면 좋을까요?" 하며 상담을 해 왔습니다. 과연 어떻게 해야 할까요? 무조건 용서하고 무조건 이해하려고 노력하면서, 그것이 뜻대로 되지 않는다고 스트레스를 받으면서 살아야 할까요? 정말 어떻게 해야 할까요?

하늘을 한번 보세요. 하늘은 이 세상 모든 것을 덮어서 사랑하고 살려 주고 키워 줍니다. 하늘의 공기와 땅, 해와 달, 비, 구름, 바람, 이슬로 만물을 키우고 살리면서 보호하여 줍니다. 그렇기 때문에 하늘은 하늘의 품속에 들어오는 어떠한 것도 배제시키는 것이 없습니다. 아무리 못생기고, 아무리 못되고, 아무리 부족해도 하늘은 모두를 안아서 키웁니다. 그렇다고 하늘이 맑고 화창한 날만 계속되는 것은 아닙니다. 모든 것을 안아서 살피지만, 태풍이 불고, 지진도 일어나고, 가뭄이 들고, 홍수도 나고 하는 자연현상이 있습니다. 그러한 자연현상에 피해를 보는 사람들이나 생명들이 있지만, 하늘을 원망하지는 않습니다. 왜 그럴까요? 그것은 하늘은 진리와 은혜에 기초해서 그러한 작용을 나타내기 때문일 것입니다. 어떤 이해관계나 감정에도 끌리지 않고 공정하고 공평한 작용이기 때문에 어느 누구도 하늘을 원망하지 않는 것입니다.

하지만, 우리는 어떻습니까? 우리는 나누는 버릇이 있습니다. 사람을 평가하고, 좋고 나쁜 것, 이롭고 해로운 것, 깨끗하고 더러운 것, 편하고 불편한 것, 바람직하고 그렇지 못한 것 등을 나누고는 이상적인 것만을 추구하려는 태도를 갖고 살아가고 있습니다. 그래서 깨달음이나 마음공부 등에 관심을 갖게 되면 뭔가 이상적인 상태, 깨끗하고, 온화하고, 정결하고, 바람직한 어떤 한 측면만을 추구하는 병을 갖게 되는 것입니다. 그렇기 때문에 진실 또는 진리를 알고, 현명하고 행복한 삶을 살아가기 위해서는 '하늘처럼'이라는 표준을 갖고 살아가면 많은 도움이 됩니다.

다시 학생의 질문으로 돌아가서 미운 마음이 나는 친구에게 그 학생은 어떻게 해야 할까요? 저는 하늘처럼 해 보라고 했습니다. 정말 그 학생에게 잘못이 있는 것인지, 내 마음의 문제인지 먼저 살펴보라고 말입니다. 그래서 그 학생이 비난받아 마땅하다면 비난을 하고, 혼을 내 줘야 한다면 혼을 내 주고, 충고를 하려면 확실히 충고를 해서 해결을 해야 할 것 아니냐고 했습니다. 하늘처럼 말입니다. 하지만 내가 인정하기 열등감이나 인정하기 싫은 나의 모습이 그 친구에게 반영된 것이라든지, 내 마음이 편치 못해서 등의 내 문제라면 상황은 달라집니다. 그럴 경우에는 정말 진솔하게 자신의 잘못을 살펴보고 인정하고 고치는 용기가 필요합니다.

이해심이 깊어서 거슬리지 않는다면 몰라도, 이미 거슬려서 마음이 불편한데, 그렇지 않은 것처럼 하는 것은 차라리 상대를 무시하고 스스로를 높이는 위선일지도 모릅니다. 사람을 대하거나 일을 대할 때, 그 대응하는 방법에 정확한 판단이 서지 않는다면 하늘을 바라보세요. 사랑으로 모든 것을 품고 배제시키지 않으면서도 진리에 맞게 적절한 대응을 하는 것을 볼 수 있을 것입니다. 그리고 우리가 할 수 있는 최선의 방법으로 사실적이고 진실하게 노력한다면 하늘처럼 넉넉한 심법의 소유자가 될 것입니다. 깨달음이나 마음공부에 관심을 갖고 공부하면서 정말 어떤 표준으로 살아야 할까요? 보다 가치 있는 삶을 위해 각자의 표준을 찾아보세요.

깨달음 더하기

인연 중에 왠지 기운이 막히는 분이 있었어요. 주는 것 없이 싫고 불편하고, 안되겠다 싶어 마음 챙기며 다가섰지만 서먹하고 불편함은 여전했지요. 그러다 어떤 분으로 인하여 그분 마음을 전해들을 기회가 있었는데 꼭 나를 두고 말하는 것 같은 느낌을 받았지요. 그날 이후 그분을 생각하면서 나를 세밀히 관찰했지요. 답을 찾는 데 한참이나 걸렸어요.(열흘 이상) 잘난 척하는 그분의 행동이 부끄럽지만 인정하기 싫은 내 모습이었어요. 마음의 거울을 통해서 보면 내 모습이 아닌 다른 모습에 놀라면서 '이건 아니야'라고 부정하고 싶지만 진실은 그 안에 있다는 것. 공부하면서 알아 갑니다.

- 깨어나자

행복한 꿈꾸기

꿈 많았던 학창 시절, 열여덟 살에 '서른이 되면 책을 내리라'는 꿈을 간직한 지 18년 만에 이 책을 내게 되었습니다. 꿈이 있으면 이루어지는 법인가 봅니다.

여기에 실린 글들은 WBS 원음방송 고기훈의 자유시간에 <김준영 교무의 작은 깨달음>에서 방송된 내용입니다. 함께 방송을 하고 일일이 CD에 녹음해서 오디오 자료로 활용할 수 있도록 해 준 기훈 씨와 방송과 작은 깨달음에 깊은 관심과 공감을 표해 주시고 짧은 답글을 달아 주신 청개구리선방 회원님들께 감사를 드립니다. 그리고 바쁘신 와중에도 꼼꼼히 원고를 읽어봐 주신 효산 손정윤 교무님과 편집과 출판에 관해 세심한 지도를 해 주신 월산 김일상 교무님, 젠프리 개구리 선물해 준 이도하 교무님께 깊은 감사를 드립니다.

그리고 늘 격려와 사랑을 아끼지 않으시던 선후배 모든 교무님들과 표현은 하지 않으시지만 늘 관심과 사랑으로 지켜봐 주시고 감동해 주시는 모든 분들께 진심으로 감사를 드립니다. 이 글을 읽거나 CD를 통해 방송 내용을 듣게 되실 모든 분들, 스스로의 일상생활 속에서 작은 깨달음을 발견해서 풋풋하고 향기로운 삶을 살아가시길 염원합니다.

 부족하지만 많은 분들의 관심과 사랑으로 이렇게나마 책을 내게 되어 열여덟 살의 꿈을 이루고 여러분과 함께 공유하게 되어서 정말 기쁩니다. 서른여섯의 나이지만 다시 꿈꾸기를 계속하겠습니다. 이제는 즐겁고 유쾌하게 생활 속의 작은 깨달음을 발견하고 그 깨달음을 사회화하는 만남의 장으로서 청개구리선방의 현실적 실현을 꿈꾸고 있습니다.

 이제는 1층 카페와 2층 선방으로 어우러진 공간을 꿈꾸고 있습니다. 이 오프라인상의 카페에서 자유롭고 편안하게 차를 마시고, 삶을 이야기하며 깨달음을 나누고, 조화로운 삶을 실현하는 길을 공유할 것입니다. 그리고 선방에서는 요가와 좌선에 관한 수련을 기본으로 하면서 심신을 단련하는 공간으로 꿈꾸고 있습니다. 인연이 되면 이루어질 수 있을 것입니다. 이번 책을 내는 작업처럼 말입니다. 결과에 집착하지 않는 행복한 꿈꾸기는 계속될 것 같습니다. 감사합니다.

2007년 10월

김준영(은종)

지은이_**김준영**

본명 은종으로

부산에서 태어나 1991년에 원불교 교무가 되었다. 2006년 8월에 〈원불교 선의 원리와 방법 - 소태산의 전인적 생활선을 중심으로〉로 철학박사 학위를 취득하고, 현재 한방건강TV에서 근무하고 있다. WBS 원음방송 PD로 〈원음의 소리〉를 제작 진행하였고, 원광대학교에서 〈선과 인격수련〉〈종교와 원불교〉를 강의하며, KBS 사회교육방송 〈종교와 인생〉 등에 출연한 바 있다.

2005년에는 캐나다 밴쿠버 UBC에서 Pre-Doctoral Fellow 로서 북미주 선수행 조류를 연구하며 현지인들의 선방과 훈련 등에 참여하며 선 프로그램과 선방운영 등을 연구하였다.

논문으로는 「틱낫한의 플럼빌리지 선수행 고찰」, 「샌프란시스코 선센터의 조동선 연구」 등이 있고, 저서로는 ≪하루를 축제처럼≫이 있다.

2003년에 사이버선방인 청개구리선방(http://www.zenfree.org)을 개설하였고, 1층 카페와 2층 선방이 어우러진 청개구리선방의 현실화를 꿈꾸고 있다.

전자우편 : zenfree01@nate.com
전화번호 : 017-403-4686

일상을 여행처럼

청개구리선방의 작은 깨달음 II

- 초판 인쇄　2007년 10월 15일
- 초판 발행　2007년 10월 15일

- 지 은 이　김은종
- 펴 낸 이　채종준
- 펴 낸 곳　한국학술정보㈜
　　　　　경기도 파주시 교하읍 문발리 526-2
　　　　　파주출판문화정보산업단지
　　　　　전화　031) 908-3181(대표) · 팩스　031) 908-3189
　　　　　홈페이지　http://www.kstudy.com
　　　　　e-mail(출판사업팀사업부)　publish@kstudy.com
- 등　　록　제일산-115호(2000. 6. 19)
- 가　　격　18,000원

ISBN　　978-89-534-7667-7 93810 (Paper Book)
　　　　978-89-534-7668-4 98810 (e-Book)